江上信行

漱石に秋骨

江戸っ子英語教師の負けん気

NHB

はじめに

明治三年十二月十八日に熊本県玉名郡岩崎村の高瀬藩邸で生まれた戸川明三（秋骨）は明治十年に家族と共に東京へ移り住み、両親の故郷で生活を送ることになる。高瀬藩は江戸時代、肥後細川家新田藩として二百年間江戸詰め（定府）であり、上屋敷は隅田川河口右岸の鉄砲洲にあった。

明治元年からこの一帯は外国人居留地になっており、外国公館、学校、教会が立ち並んでいた。戸川明三が明治二十一年に叔母横井玉子の勧めで入学した明治学院は居留地七番で発祥した学校である。その七番の場所は江戸時代に肥後新田藩の上屋敷があった一角になる。（居留地は明治三十二年の条約改正により解消、残った建物等は大正十二年の関東大震災で壊滅している）

戸川明三の明治学院時代の同級には島崎藤村もいて親交も深かった。雑誌『文學界』の創刊にあたっても同人であり、号数を重ねる途中、島崎藤村が戸川明三に雅号を秋骨と付けた。これは唐時代の詩人杜甫の「画鶻行」という五言故詩からのもので、冒頭の二句は、座敷に画かれたハヤブサが今まさに颯爽と飛びたたんとしているさまの形象である。

高堂見生鶻　　高堂　生鶻を見る
颯爽動秋骨　　颯爽として秋骨を動かす

戸川明三の容姿が痩せ形できりりとしていたからだろう。後年、戸川明三（以下、秋骨）が亡くなる（昭和十四年七月五日）一日前に「画鶻山房」という書画が秋骨の家に届く。早くから秋骨の書斎を「画鶻山房」にしたいと言っていた先輩宮島大八（慶応三年生まれで中国語教育や日中友好に尽くした）や、慶應大学（秋骨が三十年間教師として勤めた）関係者からの贈り物であった。

山房といえば夏目漱石の「漱石山房」が知られているが、その夏目漱石（以下、漱石）と秋骨の関係は一般的にあまり取り沙汰されていない。当然に二人の関係は、師弟のような深いものはなく、友人でもなく、只の顔見知りで、関連人物の一人に置かれているようである。

だが、残されている文献等を合わせ見れば、二人は案外と近かったことが想像されて来る。その事を考えてみた。

膨大な漱石資料から秋骨との関係部分の一部、秋骨が書いた漱石に関係する論文、その他、貴重な文献や資料などを土台として小説の形として描いた。

あくまで想像の部分の表現方法は粗雑であり、著者の思い入れであるが、基本は逸脱させていない。漱石と秋骨の初対面の時期は秋骨の随筆「漱石先生の憶出」から引用し、漱石の家に猫が近づいた季節は、夏、ではなく、秋、とした。

漱石に秋骨

——

目次

はじめに

第一部

第二部

第一部

夏目漱石 最初の単行本
『吾輩ハ猫デアル』上編
熊本県立図書館 所蔵

一　散歩道で

東京牛込区戸山ヶ原の小高い台地上の辺に距離一町ほどの細い野道がある。幅は一人が通行できる程度で、野道の片方は多少の傾斜をなした草原、片方は勾配の急な小崖になっている。

中央付近で一人が距離を置いて行き遇う人を待つ。軽く呼吸をしながら自分の足元を見詰め、左右を眺め、再び正面に顔を向ける。

対向からの一人は、緩やかで僅かな上りをゆっくりと前に進む。

「あっ、先生！」低い叫びと共に、待っていた者の揃っていた両足は歩幅を取った。相手を認識して待つことをためらい歩き出したのである。ここで会ったことを殊の外喜んでいる様子で、その後すぐに速足になった。

「やあー貴方も」歩き続けていた者が明るい口調で発し、逆に立ち止まった。速足になった者も近づき再度止まる。

「たいへん穏やかで気持ちがいい日ですから先生もご散歩ですね。お会い出来てうれしいです。丁度いいですから私の宅まで来て一休みされてはいかがですか」

「いや、胃の悪いのをよくするためにこうして運動に出ているので、貴方の所へ行って休んだり、また茶などを飲んでは外出の効がなくなるから遠慮しますよ。有り難いが」

澄み渡る秋の柔らかな日差しが二人を包む。その陽はまだ十分に余裕高く、午後の初めである。近付いた二人は動かなくなった。それからそれへと話が移る立話の中で一人が「貴方が着想起筆させた」と、もう一人に、ある自作名を述べる。作品はこの二人が面識を持ってから二年目に発表されたものだった。

その作品は、打ち明けられた片方が一番気に掛けていた小説であり、贔屓にしていた作品であった。だから急に打ち明けられて戸惑い、感激し、この日が忘れられない記念のような大切な日となった。一つの淡い希望が成就されたのである。だがそれと同じに、いつもより盛んに語り、驚くほど多弁で悦こんでいたこの日の相手に気を揉んだ。周りの季節の趣も深く、それが余計に手伝い「ふっ」と、過去が想起された。

二　初対面

〝今日は御暑い中、お集まりいただきまして有り難う御座います。今年、えー明治三十七年、この度の会にとっては、ん、大変よろしゅう日であります。神田様がアメリカへ行かれます。その送別の催しとなり、重ね重ね御祝を申し上げます。神田様は…。あ、そして併せてイギリス国のロンドンから帰られました夏目さんの歓迎会も…〟

司会の挨拶から会合は進んだ。

主賓の一人が饒舌で幾度か若い者に揚げ足とられていたのとは逆に、もう一人の主賓者、夏目金之助に至っては口を余り利かなかった。個人的に紹介を受けた相手に対しても挨拶だけで何を云おうともしない。所謂、苦虫を噛み潰したような顔である。

食事になって一同が席に着いても同じ調子であった。夏目の隣席の男が祝い酌をしながら、自分の緊張を自ら解すように丁寧に話し掛けた。

「ロンドンから大変で御座いました」

「どおーも」

「帰国は昨年でしたか」

「然り」

「二年間でしたね、学ばれたのは」

「然り」

「熊本からでしたよね」

「然り」

「食事は合いました？」

「否」

返し酌はあったが、然りか、否か、の一点張りで真面《まとも》に答えて貰えないのでその男は少し戸惑った。確かに座席の位置を確認してから着席するまで不安ではあった。初めての対面でもあり、位違いのような引け目で気後れがしたのであった。「大変な人と並ばされた」と酷く弱っていた。次の話題も出てこない。そして自分の紹介が遅れたことを悔やんだ。案の定、黙々と箸を動かす相手が箸を揃えた。

「貴方は？」

「あ！　とがわ、とがわめいぞうと申します。今は地方の高等学校に勤めています」

かん高い声に変わった男は戸川明三と答えた。だがそこまでで両者の会話はほとんど途絶えた。戸川が時々話しかけても、夏目は最後まで、然りか、否か、それ以上は無かった。戸川が夏目に初めて面識に肖《あやか》ったが門前払いの体であった。

夏目は英国留学から帰国後、第一高等学校の英語嘱託と東京帝国大学文科大学の講師に就任していて、英国へ行く前は熊本に居た。若し、戸川が一歩踏み込んだ会話の機会を得たとすれば、戸川の生誕地でもあった熊本の話題だけがそうであったろう。だが夏目にしてみれば既に熊本の事など眼中にはなかった。望んでいた東京に職を得て、腰を落ち着かせていた最中であった。地方の学校に務めている者の話などは聞くに及ばず、戸川の力みは取り越し苦労という格好であった。意識したのは戸川だけであり、夏目にしてみれば、戸川は場の一名に過ぎなかった。

元来、この二人は酒を好む方ではなかったのであるから、酒宴の盛り上がりには加わる余地はなく、最初から静かになるのは至極当然の状態ではなかったろうか。二つの盃は注がれたままで冷え切った。

ただ戸川にとっては、会の御開き寸前に夏目に願い出たことに対し、夏目が素直に答えてくれたことで、それまでの華奢《きゃしゃ》な時間が一気に帳消しになり、反対に高価な期待が膨らんだ。

「また何時かお話をさせていただけないでしょうか？」

「ああ、何時でもどうぞ、機会があれば千駄木の家にでも遊びにいらっしゃい」

夏目の変わり様に、戸川も解《ほっ》れた。

戸川は会場を出て一ツ橋外を一人徒歩するころには胃袋の軽さを感じ、宴席の料理が浮かんできた。「もう少し食べればよかった。緊張し過ぎたかな」

土用中にしては涼しい日の宵であった。暖簾を求めに足が動く。

三　来客対応と発想転換

パチ、パチ、パチ、火鉢の炭が弾く。口を尖らせ、火元に斜めから近づけて、柔らかく弱く吹くが顔はその都度離して逃げる。下女には堅炭を程良い太さに割らせている。二十四文字詰めの用紙一枚を長さ六尺、幅三尺八寸の大きな机に置き、再び火鉢に体を向け着火した炭を灰に寄せた。それから鉄瓶を架けた。十一月の中旬というのにもう冬支度であろうか。書斎の儀式か、それとも気分の転換なのであろうか。

六畳敷き書斎の南には、中央だけ透明にした骨組み磨りガラスを一面に施した戸障子の三枚が採光を取る。陽も斜めから射しているので部屋はけっこう明るい。ペンを走らせる環境にある。後輩に謎架けられた頼まれごとを手掛ける準備は整った。

小さな透明ガラス越しの構図に入る庭木を見つめながら両腕を組み、吸った息を大きく排いた夏目は小さく呟いた。「何か書いてくれ、そんなに簡単にいくか、あいつ」

一、二分したとき、台所の方で勝手口の戸を開ける音と同時に声がした。「もう、こないでー」、次の瞬間、閉まる音が響いた。夏目は耳を傾けた。こんどは下女の呻き声とも取れる「いやだー、あーきたない」も聞く。

今度は夏目が声を張り上げた。「なんだー、どうしたんだー」、だが返事がない。面倒臭そうにして立ち上がり、書斎から玄関に通じる開き戸を開け「おさん、なんだ」と、また云った。下女が玄関越しにある台所の引き戸を勢いよく開けて夏目に答えた。

「猫が、猫が」

「猫がなんだね」

「首筋をつかんで放り投げたところです」

「どうかしたのかね」

「昨日も何度か来て、サンマも一匹取られました。小さな汚い黒猫です。奥様も大変嫌がられています」

「最初に何か、与えたんだろう」

「そんなことはいたしません」

「今度来たら叩きなさい」

「でも叩くのには、かわいそうなくらい小さくて」

「なに、遠慮はいらないさ、それくらいはやった方いいだろう」

「はぁーい」

下女の怨めしい声でその場は終わった。夏目はそのまま机前の座布団に座り、両腕を組む格好に戻った。

庭木の葉が枯れかかり落ち始めている。庭を結い巡らす竹垣にも一枚二枚と打ち掛かる。日に日に枝のまだら模様が見え出している。

家の東側になる玄関前の門柱前にフロック・コートの男が近づき止まった。立ったまま附近を見回し、背筋を真直ぐに伸ばした。ひと呼吸、ふた呼吸して格子戸の握手に右腕を挙げようとしたとき、門を支えている右の竹垣の崩れた穴から、小さな猫が飛び出て着地した。フロック・コートの男は顔を右に動かしただけで驚いた様子はない。猫も慌てず動かず、男を見つめ四足を交叉しながら悠々と何処かへ去る。男の体勢はどうしたことか張っていた肩が緩く丸まった。男はそれから格子戸を右にスライドさせた。チリン、チリン、チリチリリンと鳴る。

格子が鳴る音を聞いた下女が取次で出て来て「手伝いの者ですが、何か？」と発す。「戸川と申します。家の御主人は御在宅でしょうか」いつも来る客よりも丁寧な言葉使いに下女の顔が僅かに下がり「えー　とが、とが」とまごつく。そして「とがわ、です」と念を押された下女は「とがわ、さん」と確認して玄関の中に入って行く。間を置いて「もう一度、おねがいします。どちらの、と、が、わ、さんでしょうか」と再度出て来た。男はさらに丁寧に「戸川明三、山口高等学校に勤めている戸川明三です」と云った。下女はまた伝えに行った。

男はやっと玄関まで通された。此処の主人の夏目はすでに玄関払いの体で敷台に立っていた。夏目を見た戸川はすぐに上半身を四十五度ぐらいの角度に曲げて挨拶をした後、直立不動の体勢で云った。

「お忙しいとは思いましたが、急にお邪魔させていただきました。許してください。私は八月に行なわれた今年の学士会の席で、夏目先生に初めてお目にかからせて頂いた戸川です」

「山口の…」

「そうです。山口高等学校に勤めています」

間を置いて、無表情だった夏目はわずかな愛嬌を装った。

「ああ、あの時の私の隣の席におられた。山口は友人が勤めていましたよ。十年ぐらい前に。まだ高等中学の時ですが、菊池といいましてね、私にも来ないかと」

こんどは間を置かず、戸川が興奮した声を発した。

「えー、そうですか！　光栄です。そして、ありがとうございます。思い出して頂いて」

また間を置きながら、相手の胸の中を打ち消すように夏目が緩りと語る。

「どうしたのです。遠い山口からわざわざ、私の家へ」

「いえ、祝儀でこちらの実家に帰ったものですから」

「家はこちらですか」

「はい、築地です。新富橋の近くです」

「そうでしたか」

「会の、あのときの先生の言葉に甘えまして、遊びに来てください、のお言葉に立ち寄らせていただきました」

「それは、それは、私もご来訪を受け、身に余る光栄です。どうぞ、お上がりに」と夏目は半身に構えて右手を返した。

「いえ、今日は挨拶だけの積りで伺ったものですから」

戸川のこの言葉に「そうですか」と言いながら、逆にここで表情が明るく崩れた夏目は透かさず「そう云わずに、さあどうぞ、寒いから」

「いえ、この次に上がらせていただきます」

「そーお、明三さんといいましたね」

「はい、明治の三年に生まれたので親が明三としたそうです。三年の十二月十八日に」

「なるほど。私は慶応の三年だから、けいぞう、になりますか、ハハハー、明治と慶応、大分印象がかけ離れて…時々私など元号と新暦の年数を使い分けしていましたよ、人によって。ところで新暦では何日になりますか？」

「二月七日です」

「私が一、八、六、七の二月九日ですよ。慶応では正月五日なのに。三つ違い、四つ違い」

「千八百七十一、引くの、千八百六十七で四つでしょう。厳密に言えば三歳十一か月、二十八日か、二十九日ですが」

「明三さん、細かいですね、明治もう三十八年を迎えようとしているのに」

「あの頃の人は年齢に関して気を使っていたようですよ、計算がややこしくて。新暦で数えた方が分かりやすくていいですね、明治六年の十二月は二日だけでしたし」

「お互い性急な変化の時代に生まれ、相手を気に掛ける動物並みな…」

「先生、夏目先生、動物といえば先ほど門のところから子猫が出て来たのですが、この猫でしょうか？」

「いえ、猫など飼っていませんよ」

「なにか賢そうな、良い子猫でしたが」

「ほう」

「私は十四ほど世話をしています」

「十四も飼っているということですか、猫を」

「そうです。本当のことを言えば十四以上になりますが」

答え方も簡単な戸川に、夏目は驚嘆して目を天井に向けた。人物を疑うような仕草で確かめなくていいような質問をした。

「ところであなたは何を教えているのですか、生物、でもなく…英語、学会で会ったのだから…」

「英語です」とこれも答えなくてもいいようなものだが戸川は丁寧さを示した。そして敢えて経歴、係わった雑誌のことなど、自身の認識の了解を探るようなものは持ち出さず話さなかった。気分を害して嫌われることの可能性を避けたのだ。相手の夏目が知らない素振りをしている可能性も当然否定出来なかったのだ。

「明三さん、明三さんでいいでしょう。」

「先生、夏目先生、そう呼んで頂ければ私も嬉しいです。敬語も要らないです」

「また、遊びにいらっしゃい」

戸川は、夏目との二度目の短い対面で三度目の対面の機会を確実に得たことになった。教授として勤めている山口高等学校の学制変わり後の身処しに結果にも由るが、帰郷後の楽しみを掴み、夏目宅を出た。

夏目は大机の前に戻り、火鉢の鉄瓶を持ち上げ、炭火を確認してから腕を組んだ途端に、こんどは夏目から下女に大声を掛けた。

「おさん、おさん、猫はどうした、来たら何か食べさせろ、猫、子猫、が大好きなものを！」

右手にはペンが握られインクが付けられた。

四　追想、追想、追想

戸川は夏目への挨拶を済ませて実家へ戻り、久方振りに近所の銭湯、いかり湯に行った。新富座の傍の銭湯ということで新富座黄金時代の頃には劇場関係者も多く、九代目市川団十郎も浴びに来て戸川も同浴した、そんな湯である。名優をかかえ常に大入りだった新富座も木挽町に歌舞伎座が竣工された後は凋落している。だが、このいかり湯だけはそれにも拘わらずに今も奮闘して、高い煙突から煙を吐き出している。

湯気がこもる大きな浴場、戸川は湯汲む木桶音の響きを聴きながら浴槽の中で他人の動きに併せて慣れた定位置を取るために徐々に動く。そこは正面壁に描かれている富士山の絵が真面に見える。学校時代の頃から好きな自分の定まりの位置だった。そこに定まったが最後、熱い湯の御馳走を満喫しながら至福の思いに浸り、ここから自分の世界へ入り込む。今日も変らぬ絵の風景が少年時代へ柔らかく招く、招く、招く…。

溜池の水が流れて虎の門の所へ来ると、水底が一段低いところで滝が出来る。それをドンドンといいながら見下している建物がある。尖がり帽子が重なっているように見える四角の搭には時計が取り付けられている。その搭を中心に瓦でない屋根が広がる。煉瓦造りの上品な建物だ。ああこれが高等の学校か！　滝からの流れ水に映り、眺めていても飽きない。イギリス文化が匂う。大きくなったらここで学ぶのか、学びたい、学びたい。

次に見えて来た。数寄屋橋に出る道だ。歩く道が迂曲している。歩く。小路の屋敷が現れた。屋敷長屋に想われる。ここも高等の学校とは！　むさくるしい袴ばきの大きな青年がいる。美的な記憶は何処へ、何処へ。

叔父の帽子が変った。軍人の叔父が被っていた帽子が変ったのだ。少年時代の終わり頃だった。フランス式からドイツ式に。明治十七、八年の頃のことであるが、イギリス文化やフランス文化に対しドイツの文化が迎へられたのだ。そのためかドイツ学協会学校へ入れられた。国策など分かるはずがない。妙に進められた反発精神で勉強もしない。祖父曾祖父は昔の士族で軍人が豪いといい軍人になれと言う。学校帰りの連れも後に名をなした者もいる。陸軍がいやなら海軍がよかろうと、こんどは前に少し習った英学の方に転じられた。一族に幾多の海軍将校に縁があり便宜を考えられた。それでも海軍も嫌であった。兵学校の試験も受けたが、入る気がないので合格はしない。

勝手に自分単独で高等中学校入学のための勉強をしていたが、それが知れて大いに叱られ、一時は学問を辞めなければならなくなった。だが武叔母が助けてくれて、兎に角高等中学校の受験が出来るようになった。この時私はもう青年になっていた。明治は二十年頃で十六、七歳であった。高等中学へ入るための予備の学校は色々あったが、どうしたことかあまり関係ない別種の日本英学館を選んでしまった。間もなく高等中学の予備校になる駿河台にあった成立学舎に転じた。高等中学へ入る準備をするに最も都合のいい学校は錦町にあった英語学校と淡路町にあった共立学校であった。成立学舎も同種の学校ではあったが、この二校よりも一段落ちていたと思う。

軍人になれと云う一族に背いて、武叔母一人の外、誰にも知らさずに高等中学の試験を受けに行った。その年、二十一年から試験の実施要項と内容が変った。一期試験、二期試験までは進んだが最後の三期、体操と金石学がうまくいかなく不首尾に終わった。真に私の不幸なことで対応出来なかった。来年も受験を、そんな悠長なことは許されない。費用のこともある、落胆の極みであった…。


「明三、明三、気持良さそうにして、この野郎」

湯の中で戸川は耳を抓《つね》られた。程良い湯加減の夢中を止められた。冬の銭湯は湯気が立つ。頭を動かし横を覗く。

「あー軍治先輩」

「口は開けて寝ていたのはだれだ」

「いえ、そのー」

「貴様、久しぶりだな、いま何処にいるのだ?」

「はい、山口です」

「山口で何をしているのだ?」

「はい、高等学校で教えています」

「おう、英語だろう教えているのは。お前が俺と通っていたドイツ学協会学校を辞めて、高等中学受験のため入った正立学舎での面白い英語の先生のこともよく話していたよな。ゼア・イズ・ドッグ　を　そこにワンワンがいる　と訳して生徒を笑わせた等、お前の周りにはそんな人も多かったのだろう」

「今、軍治先輩に声を掛けられるまで少年時代の夢を見ていたところでした。高等中学校の受験失敗までの」

「ほう、それからのことはよく聞いていなかったぞ」

「その失敗が逆に、その後の人生において素晴らしい先生方や同僚などに巡り合うこととなり、逆に良かったと思っています。いい学校だからです」

それは、それは、それは…。

第一高等中学校の入試の相談に乗ってくれた武叔母もそうであったが、もう一人の叔母、玉子叔母も非常に心配してくれた。失敗して失意のどん底にある私の心を励まし、明治学院普通部本科二年への入学仲介を行なってくれた。そして居住していた築地の家に私を同居させ、そこから通わせもした。明治学院はミッション・スクールの一つである。外国語に上達し得る学校ということもこの選択だった。玉子叔母自身が女子学院の前身である築地の四十二番館にあった女学校の幹事をしていて、その女学校と関係があったことも入学を勧めた理由の一つであった。

明治学院の先生は国語を除く他皆外人であり、立派な先生が多かった。英語会話を教わった頗《すこぶ》る温厚なイムブリイ老先生、一寸見ると恐ろしいが、ニヤリと微笑む顔に趣があり、皆が一番敬慕していた物理化学のワイコフ先生、のそりと歩いて鈍いが、力の感を与える歴史のマコオレエ先生、恐ろしい程何処までも学生に努力をさせる心理学論理学のランデイス先生、米国の南北戦争で旗手として戦場に出たが軍人らしくなく、やさしく人品の良い風采の麗しい、英文学のハリス先生、これらの多くの先生の恩恵に浴した。特に私にとって一番大事であるべき学課は文学であったので、ハリス先生のことは記憶に強い。暢気な世間離れのような雰囲気のところから、やがて文学芸術的空気が生じた。詩人、小説家の島崎藤村が此処から出たのは納得である。だがこの同級島崎春樹君独自の路は島崎君の資質からだろう。また学校自体が自由の空気に漲っていた。これがいい人材を育てる原動力になったのだろう。

制服は半ズボンで緑がかった地質のラシャの霜降りの様なのを着て、帽子はフランスの兵隊でも被ってよさそうなものを頂いて白金の台を行動していた。その他、野球は強く、一高と相並んで双璧であった。和英辞典の最初の著者ヘボン氏のことは叔母から聞いていた…。


「二人の叔母さんに助けられたということだな」

「軍人にならなかったことも、そういうことになります」

「俺はお前が軍人になるように撃剣の稽古も付けてやったが、お前は意気地がなかった」

「あの頃は軍治先輩が怖かったです。今でもお面を叩かれる夢を見ます」

「なーに、優しく可愛がっただろー、築地までの学校帰りにも気合を入れていたし、思い出すよ。まあ人間、向き不向きもあり、やりたいことも違うからな。教師も素晴らしい職業だ。ところで明三、来年征露二年だが俺も出るぞ。そのための骨休みだ、今は」

「軍治先輩は名前の如く軍人の道に進まれて本望でしょう」

「俺にピッタリだ。初めての大国、征露戦、気が騒ぐよ」

益々声が強くなり浴場に響く、響く、響く…。

学業成績では級の一番や二番というほどではなかったが、三番ぐらいの上位にはいつもなりたかった。その頃、築地の立教、麻布の英和学校などの基督教設立の学校と文学会というようなものを組織し、毎年一、二回各学校持ち回りで英語、邦語の朗読会を開いていた。三年級の時、その朗読会に学院の代表者の一人に選ばれた。仲の良かった馬場勝弥君も英語演説をやった。島崎君は加わることはなかったが、楽しくからかうので一緒になって笑った。明治学院は全ての学課を英語で教えたので、卒業するときには既に英語は自由だった…。

「明三、これからの日本はどこを目指すのが一番いいのか答えることは出来ないが、英語、ドイツ語…など、まあ身につけることは素晴らしいことだ。俺もとにかく頑張るさ、出発が待ち遠しいよ。ところでいつ向こうに戻るのだ」

「はい、今日午後です」

「忙しいなー、山陽鉄道のお蔭で海山越えも便利になったのでそれだけは良いよな。それにしてももう少し在京したらどうだ」

「いえ、山口高校の学制のこともありますので早く帰らなければなりません」

「学制？」

「学校の制度が変りそうなのです」

「俺は学校のことは無知だ。何事も良い方向に行ったらいいけどな」

戸川は銭湯を出るときの快感をいつも以上に味わった。先輩が発する叱りながらの云い方に心も温もっていた。

いかり湯を出て歩きながら振り返る。黒瓦の群集に一つだけ高い煙突が陣取り、次の入湯をまた招く。それを背にして道に出る。二、三軒目を左に曲がり新富座の前に出て、築地橋を渡れば築地の実家になる。風呂上りの心地はどうしたものか、実家ではうれしい安らぎが倍増する。気が緩む、緩む、緩む…。

二十四年明治学院を卒業してから自由奔放の生活を送る。そして二十六年の一月に『文學界』の発刊に参加し、三号から寄稿した。号数が進む途中に同僚の島崎君が、頻りに私の雅号を付けたがった。唐の詩人、荘子美の詩を読むのが好きな島崎君が行き成り「これがいい、ピッタリだ」と云い出したのである。

「明三、良い名前があるぞ、いままでの名は、つまらない。杜甫の、がこつこう、を知っているか、知らないだろうな」

「がこつこう？　なんだ、それは。杜甫も一千首以上作っているそうだから分からないさ」

「漢字では絵画の画、そして骨に鳥のハヤブサ、そして何処そこに行くの、行だ」

「その詩の中は」

「ハヤブサの絵を対象としたもので、冒頭二句にこうある。あ、見せたほうが早いな、書くから、ほれ、これだ」

紙を見た。

高堂見生鶻
颯爽動秋骨、

間を置かず島崎が勇んで言った。

「座敷に画かれたハヤブサが、いままさに颯爽と飛びたたんばかりの姿をしているさまのことだ」

「この二句のどれだ！」

「秋骨だ。君の痩せた骨体にピッタリだ」

「おい、おい」

こうして中国の詩人杜甫が歌った『画鶻行』の中から雅号〝秋骨〟戸川秋骨になった。身体に合わせられた。格調高いものが良かったが、島崎君は「愛嬌、愛嬌」と笑いながら請けつけなかった。私が筆を執ることになった振り出しは島崎であり、任せた格好であった。その他の同人たち、馬場勝弥君、北村門太郎君、上田敏君、平田喜一郎君、などはからかいながら大いに同調した。

この『文學界』には二つ下の従弟、大野洒竹も加わり、たびたび俳句を寄稿した。そして忘れられないのは同じ二つ年下の樋口奈津さんだ。そう、樋口一葉さんである。

すでに一葉さんは二十六年三月の第三号に「雪の日」を掲載されていた。私も「女文傑イリヲツト」で同じ第三号に載せている。そして従弟がはじめて俳句を載せたのが二十七年二月の第十四号だ。この号では一葉さんも「花ごもり」の前篇を載せている。私も「活動論」を載せているのでこの第十四号は非常に思い出深い一冊だ。だがこの時まで一葉さんとの面識は無かった。

一葉さんと知り合いになったのはその二十七年の夏からだ。馬場君と平田君に連れ出されて本郷丸山福山町の一葉さんの家に行った。怖くてあまり会いたくなく気が進まなかったが、会ってみると柔らかな中にも毅然としたところがあり、鋭さを内に秘めていた。考えも私と同じようなところを持っておられたので、それが一も二もなく気に入った。一葉さんの方が年下だが、姉さんのような心持がした。それからは甘えるようにして、よく話を聞きに行った。土曜日は大方行ったように思う。十一時過ぎになることも度々だった。一葉さんは兎に角、その妹さんや御老母さんに定めし迷惑をかけただろう。若い男が夜間にも出入りするなど一切お構いも無く平気で、これは今から思えば随分甚だしい乱暴なことであった。だが私たちにとって理想や浪漫の文学談を咲かせることが出来る居心地の良いサロンのようなものであった。一葉さんも愛想がよく少しもいやな顔を見せることはなかったので気遣う事無く押しかけた。しかし、こんなこともあった。一葉さんはテキパキしているところもあり些《いささ》か面喰ったこともあった。

或る時、夜、自分一人単独で門口から一葉さんを訪問した。その時は大した用事でもなかったので私は内に上がる考えは持っていなかった。だが一葉さんは上がれと言う。私は自分のところに来訪者があるので、留守にするわけにはいけないから上がらないと言った。それでも一葉さんは頻《しき》りにすすめた。こちらもどうしても上がれないと主張したら、「強情な人だ、それでは勝手にしろ」と放語で内に入ってしまった。その時の強烈な勢いには驚いた。そのように文筆上の生活において私に最も強く心に感銘を与えたのがこの一葉さんである。
その他にもう一人いた。北村門太郎君である。いつも私を鼓舞してくれた。なにか魅力があった。だが一葉さんと始めて会ったその年の五月亡くなった。残念でならない。北村君が辞めた明治女学校講師に私が後任となったことも感慨深い…。

午後、東京を出て山陽鉄道に乗り換えた戸川はいつものとおり窓際に座って車外を眺めた。書物も握るが乗車時間の半分は物思いに耽る。明治三十三年に山陽鉄道で国内初の寝台列車が走った。戸川も贅沢と感じながらも、今回はこの寝台列車の恵みを受ける。時間帯には横になれるので有り難く、長時間の乗車ではあるが退屈は少ない。汽車は山口へ進む。車窓の景色が移動し、程良い睡魔が現れて過ぎし日に又、誘う、誘う、誘う…。

二十八年九月には帝国大学の文科へ選科生として入り英文学を修めた。その当時日本に只一つだけだった帝国大学の門をくぐり、教室へ這入って初めて緒教授の講のだった。日本一の最高の学府の教授であれば、学問も日本一に相違ないという感じが私共青年の頭に刻み附けられていたからだろう。その教授陣のなかで、ケーベル先生の講義が一番面白かった。その先生から『文學界』の表紙にゲーテの句を書いて貰った事は永い記念となっている。ハーン先生はよくいろいろな本を教室に持って来られては、それを読めと言って貸して下さった。返しに行った先生の御宅でのいろいろな事も忘れられないものになっている。日清戦争が終る頃、帝国文学が刊行され編集委員となった。土井君などと五名で三十年二月まで任期を務めた。下谷池端の下宿から移った本郷台町の私の下宿には、それらの仲間もよく集まって来た。

その下宿での寂しい出来事が忘れられぬ。まだ木枯しという程ではないが、木の葉も大分落ち去って、今年もまた冬近くになったと感じられ、虫の音すらあまり聞く事が出来なくなった頃の日の夜だった。何となくうすら寒く、独り心寂しく、机に向かっていた。そこに可なりおそくなってからの来客があった。初めて会う斉藤緑雨君だった。突然であり少なからず驚かされた。初対面の挨拶を交わした後、相対座して向かい合う斉藤緑雨君に何を言い出されるかと思いめぐらした。月並みの辞令など無く、斉藤君は直ちに核心を語たった。それは一葉さんの病気が不治である、というよりは、むしろその命がもう旦夕《たんせき》に迫っているというのであった。

少し驚いた。私は一葉さんには相当近かった。いろいろな話も一葉さんから聞き、又お母さんや妹さんの口からも聞いていた。一葉さんに病床で会った時、一葉さん自からも、もう余命の幾何もない事を云われた。秋の虫のたえだえになるように、私の命ももう終りに近づいたとか、春の日に貴下方が野外でも散歩なされる時には、私は蝶々になって御袖にまいりますよ、など例の巧みな口調で云われたのであった。私はこんな言葉の美辞麗句のようなのを思い、そして一葉さんが、いつもそうした調子であるのを知っていたから、これも例の調子で、ほんとうにその命が旦夕に迫っているなどとは、少しも思いはしなかったのである。それよりも、重態でもあり不治の病気である事も承知してはいたのであるがそれ程に迫っていたとは思っていなかった。鈍感の私。些か恥ずかしくもあった。

斉藤君が樋口家に出入りしているという事は耳にはしていたが、たいして気にはしていなかった。私などとは全く別な、人に迫るような一種の力を体していたと考えられる。そういう強烈な個性で樋口家に入っていたのだろう。その結果として私への相談となり訪問となったようだ。事実私も斉藤君の落着いたしんみりした話に魅せられてしまい、一葉さんの事は然るべきと万事を依頼してしまった。斉藤君の私に相談された事においては、私如きが何の役に立とう。ただロボットに使われ得たとすれば、私としてたいした事なのである。

秋の夜、静かな室、一葉さんの最期、寂しい、寂しい、寂しい…。

汽笛が鳴る。長時間の乗車も寝台車では揺れを包む小さな揺りかごである。今度の帰京で過日の夢ばかり見ていた戸川は汽車の中でも同じだった。だがこの汽笛音で途切れた。山口が近いのだろう。起こされて気が付いた戸川は横になったまま考えた。

「夢寐《むび》の仕業は?」

線路を走る車軸の音は軋めく。

五　草稿成る

書き上げた原稿用紙十四枚を重ね合わせ、机の上でトントンと揃え置いた。書き始めて何日も経っていない。夏目は立ち上がり、机前を外して両手を頭の上で組みながら返し背伸びした。冬晴れで三間半の落縁の日当りは良好である。「出来たぞ」と夏目は声を出して閉じられていた障子を開けた。縁側で丸くなっている黒子猫はその音で頭を動かした。そして夏目の方を見たが再度もとの体勢になった。「気持がいいようだな」二言目では黒子猫は動かない。夏目は台所の方を向いて叫んだ。

「おーい、お茶」

以外に早く細君が盆を片手に書斎に這入って来た。

「開けても今日は寒くないのですね」

細君は盆に湯呑み茶碗を乗せながら置いてある原稿用紙をちらりと見た。

「精が出ますのね。どういうものでしょう」

「すぐには説明できるか」

夏目は素っ気なくしながらも題のようなものを云う。

「屋敷だ」

「まあー、家のお話ですか？」

「違う、ちょっとした話だ」

「ちょっとした？」

「まあ、そういう話だ」

「あまり意味が分かりません」

「征露、いや、戦争ごっこの物語、ん、冗談、冗談」

「そんな冗談はおやめ下さい。戦争のことはもういいです」

「だが実際飼っているところがあるのだよ」

「なにをですか」

「そうだな、十四ぐらい」

「十四、なんです、それは」

「いいんだよ、いいんだよ、ね、こ」

「猫ですか、本当にそんな家があるのですか、ぞっとしますよ。一匹でも大変なのに、熊本のときの玉、思い出したくもない。いまの猫には絶対、名前を付けさせませんから」

「俺もそう思っているところだが、…」

「あなたは何を述べておられるのか、さっぱり分かりません」

「それでだが、実は有のままの」

「答えになっていません、あらすじがなければ場が持てませんよ」

「そこを如何にか、だが」

「まあ、まあ、出涸らしにならないように」と細君は湯呑を握って出て行った。

「何の意味だろう、今の言葉は。お互い核心が意味不明ということか」

夏目は恍け面をして足元の猫を再度見た。「少し書き過ぎたかな」と言ってガラス障子戸を今度は静かに閉めて机の前に回り込んだ。ゆっくりと座布団に正座して腕を組んだ。約束させられているものは一通り出来ているので余裕の所作である。そして「次は搭、搭だ、ろんどん、ろんどん、あと少し」と、小声の鼻歌調で、畳の上にある別の原稿用紙の束を机の上に置いた。束には小冊子が三冊乗っている。帝国文学の表題である。ここで夏目の表情が僅かに変化して、机に向かう姿勢が固まった。頭も動かなくなり、集中した格好である。ペンを握っている右手は慎重である。先程とは違う。時折ではあるが天井を見上げる瞳は耽っている。

六　退職そして帰京

山陽鉄道から乗り換え糸米の下宿先に戻った戸川は、門口の広い土間で一呼吸の口笛を鳴らした。元来この宅の来訪者は先ず猫の出迎えを受けて一驚を喫するというものであったが、飼い主人はさすがに違う。猫を喜悦させて帰結する。敷台に大きな鞄と大きな土産袋を両手から降ろすや否や、猫群の一番小さい猫をつかみあげ頭を摩って云った。「元気だったかな」、その顔は優しさに満ちている。そして「上の戸澤先生と大家さんは良くしてくれただろう。そうだろう。」と云いながらその猫を降ろした。土間のりんご箱に入っている一斗缶の蓋を開けて猫餌を五回、土間に振り投げた。猫群は勇んで餌に群がった。それを見ながら戸川は廊下継の部屋に入った。　戸川は山口に赴任した当時、寂しさを紛らわせるために雌猫一匹を飼った。それが子を産み、孫を産み、遂には十一匹になった。猫を愛しながら個々の性格を研究し、猫に関する文集を集めて猫哲学を成就させようとしている。同僚教師などもそのことに興味津々であり、戸川が雑誌『明星』に載せた随筆には、「犬より猫が好きだ、犬は誰にでも直ぐ狎れて奴隷の如く尾を振るが、猫は一癖あってなかなか人間に狎れない、そこが気に入った」とあり、戸川の奇抜な観察眼にも注目した。部屋に上げる猫は一匹だけで一番若い猫、その他の猫は広い土間で飼う、野良には絶対しない、その徹底さにも関心が大であった。その戸川の家というものは、湯田温泉の中間にある糸米という山ふところにあり、戸澤という同僚の家と斜面に沿って上下に並び、日当りの良い洒落た平屋の家であった。生徒たちもその方面を散歩しては羨ましがり、そして観察もしていた。戸澤も戸川の飼い猫を仕方なく可愛がっていた。二軒を管理する宮原家も同様であった。戸川が留守の時は分担して面倒をみていた。戸川が戻る時間に合わせて土間に返していたのだ。当然感謝の念を東京からの手土産に表した。

帰った戸川は、次の日さっそく山口高校で講義を行った。いつもの如く、戸川の英語教育の特徴である、文法的に細かく詮索検討する行き方ではなく全体の文章を捉えてすらすら進んで行く方法、を早口で歯切れのよい江戸弁風に熟していたが、その途中に行き成り「今の英文学者の中で最も造詣の深いのは、世には余り知られていないが一高教授の夏目金之助である」と云った。草深い田舎者の生徒たちはその名前を聞くのが初めてであり大いに啓発された。戸川はそのような生徒の反応などはどうでもよかった。「夏目金之助」の名前を生徒たちに聞かせたかったのだ。

その山口高等学校が文部省と防長教育会の確執で学制変更が決まり、明治三十八年から新入生を取らないことになった。廃校ということに職員生徒間の空気は悲壮なものになる。校長の言い渡しでは、教職員は何時でも務め口が有り次第転任しても宜しい、ということであった。だがこれを聞いて大いに憤慨したのが教授中の最も若い連中であった。

勝手に転任したら現在の生徒はどうなるのか、二年生と三年生の生徒にとっては嘆かわしいことで、全員が卒業するまでに二年かかり、生徒にとっては大切な二年間である、先生がその二年間に激しく変われば影響は計り知れない。そして田舎の山口に交代の先生が来る保障もない等であった。

戸川たち若い教職員四人は決起し、必要がなくなるまで留まる人や、永く奉職している老教職員には、論功を考えて退職賜金のようなものを与えてくれと主張した。これは自分たちのことは念頭に置かぬという若い者のみが持つ義侠心から出たものであった。そして戸川たちはその山口高等学校を明治三十八年九月に辞めた。

戸川は大切にしていた十一匹の猫の事は大家の宮原家に頼んだ。飼育費として奮発し任せることにした。飼い主として生き物の面倒を放棄することは悪い所業であるが、最低限の解決策を選んだのだ。引き受ける大家にとっては大役で面倒な事であるとの思いが強かったが、経験豊富な大家に甘えた。大家の「大切に育てる」の言葉に感激し心残りは消えた。

戸川は帰京を前にして、山口赴任中に一度は訪れたかった熊本に行った。明治三十四年に山陽鉄道が馬関まで延長していたので便利になっていた。関門連絡船で渡り、九州鉄道で高瀬駅に降りた。高瀬は戸川の生誕の地であり七歳までの幼少期を過ごした所である。その高瀬の町を歩き高瀬周辺の山河を巡った。また帝大時代に教えを受けたラフカディオ・ハーンと今年の夏に初めて会った夏目金之助、この二人が英語教師として務めていた第五高等学校にも足を運んだ。戸川の友人平田喜一郎がよく話題をしていた東京高等師範学校時代の恩師加納治五郎もこの五高の校長を務めていたことも知っていた。戸川が訪問したかったのは至極当然なことであり、願望を果たした。

熊本への旅を終えた戸川は、熊本から一気に東京へ向かうことにした。無碍《むげ》の身で性急な行動は必要なかったが、ここ一、二年、征露、征露と叫ぶ世間一般の高揚した雰囲気に踊らされて浮つく心持も無いではなかった。今後の就職、仕事など、ある程度の希望と不安を抱いての本帰京とはなった。

七　思惑の程度

戸川が山口を離れた明治三十八年九月から少し溯った明治三十七年十二月、夏目の仕上げた原稿が文章研究会に上がった。その原稿を会の一人が朗読をした。朗読の仕方が旨かったのか、その席で喝采を博して会の文学雑誌に掲載予定となった。

「夏目先生、新手の読物ですよ、会のみんなに好評です」

「小山君、そんなに誉めなくてもいいよ」

「いえ、私もそう思っています」

「どうでもいいよ」

「でも高浜主宰は是非載せたいといっておられます」

「なーに、書け、書けと強請《せが》まれたから、そのようにしたまでのことだよ」

夏目は無頓着であまり乗る気ではなかったが高浜主宰が掲載に積極的であり、それが為か文を句付けるのが酷かった。このような遣り取りもあった。

「猫の人間関係、あ、いや、猫関係、まあ十四ぐらいのあれこれを書きたかったのだが、猫には成り切れなかったよ。一匹にしたよ」

「一匹の話で十分でしたよ。数匹の生態であれば、猫伝、という題名でもよかったろうと思いましたが、少し厭らしくなったでしょう。はなしもあっちに行き、こっちに行きになり、まとまらず」

「では、どんな題名が？」

「冒頭の一句でいいでしょう」

「君のいいようにしたまえ」

掲載が決まってから今度は内容に文句を付けた。

「夏目先生、あと一つ云いたいのですが」

「まだあるのかね」

「二、三枚削ってもらいたいのです。現実的なところは残して」

「書いたら書いたで、注文ばかり」

「いえ、出来はいいのですが」

「褒められているのか貶《けな》されているのか」

「視点は最高です」

「そうだろう、途中から書くのが楽しくなったものだ。下から視たり、上から視たり、人間様の無頓着を突くときは」

「夏目先生も品評されて」

「そうだな、自分の欠点を鏡で見るような自己批判になって」

二人はここで大笑いしながら納得した。

明けて明治三十八年正月早々、仕上がったものが印刷され、載った雑誌が出回った。

夏目は新年の挨拶に来た雑誌主宰の高浜などの四人に雑煮をふるまった。もちろん話題はその文章のことになる。酔った勢いの四人は褒め称える。

「お正月も三日になりますが相当の評判です。猪肉も美味いし、この」

「何が?」

「いえ、夏目家の雑煮のことではなく、あ、雑煮のことも含めて」

「正月だから大いに喋り蒔くってくれ、遠慮はいらないよ」

「先生、続きをお願いしたいのですが」

「また、なにを急に、大分書き方に注文を付けていたくせに。評判と云うのは会だけのものだろう、世間の反響はどうなのか」

「いえ、まあ、よければ是非、後を書いて下さい」

夏目は乗せられ掛かった。相手方が四人であり、お目出度気分で続ける羽目になろうとしていた。だが夏目自身軽い気持ちで書いた気分には快さもあった。余興のような我が文章に自ら酔っていた。乗せられたようで逆に嵌《は》めるかもしれないが、承諾にはもう少しの褒め言葉が欲しい聊《いささか》かの色気があった。それを悟られてはならない。

「まあ、その話はさて置いて、食べなされ、冷えぬ間に」

双方の思惑が不一致のようで実は一致していた。困った顔を造った夏目は、自らは滅多に食べない猪肉に箸を軽く届かせながらも、続編の承諾は伏せたままにした。

次の日も夏目は高浜と付き合った。門下生なども含め四人で劇場の本郷座に行くが満員で入場できず、鳥料理屋で昼飯を食べた。変り者の新聞記者が吾妻橋袂にある札幌ビール辺りの欄干から身投げした事など話題は尽きなかったが、当然に続編の話は出た。

「第一回きりで止めようか」と愛想なく夏目は云う。

「そうですか」と主宰は返す。

「二回以下を続けてみようか」とも云う。

「そうですか」と又返す。

「どうしようか。書くのならば材料はいくらでもあるのだが」と謎を掛ける。

「それでは書いて下さい」とまた主宰は望む。

続編もこうして文章会での主宰高浜の朗読出番となり、脱稿され、それが二月十日に発表された。

そして第三編が四月に、第四編が六月に、第五編が七月にと、同じような経緯をたどって次々に雑誌に載った。

このようにして全てが気楽な余裕でうまく運んだように相成った。息抜きであったこの書き物は、夏目の英国留学帰国後の鬱のような不安定な精神を中和させるのに役立ったことも事実であった。その結果と云うべきであろうか、本筋と考えていた紀行文などの作品に気分が集注した。当然にこれらも堅く仕上がったのである。続編への決断は多様な効力を生じた。

これも効力であろうか？　創作への興味である。このことを知人などに漏らし続けた。

「拙文でもほめられれば愉快である。教師として成功するよりはヘボ文学者として世に立つ方が性に合うかと思うので、これからはこの方面で奮起したい。だが本職の余暇にやることであるから、たいしたものは出来なくて笑われるだけかもしれないが。

自分の文章を二、三行でも読んでくれる人があれば有り難い。面白いという人が有ればば嬉しい。

敬服するなどと云う人がもしあれば非常に愉快でしょう。これはお金より、大学者だと云われるより、教授や博士になったより、はるかに愉快でしょう」

そして、続編が五回まで進む頃には、文章に対する意見を述べるほどにもなった。

「文学雑誌は色々あるが、それぞれ特徴ある文章があってもいい。文章は苦労すべきものである。人の批評は耳を傾くべきものである」

ところが、書いた文章を読んだ者たちから、何か書け、出版させろ、出版するから何か書け、となって来た。所載されたものが出版される運びとなると、挿絵を考え、装丁の工夫をやる、美しい本を出す事に喜びを感じた。

そうはいいながらも学校も忙しいので遂にこんなことも云う。

「毎日一欄書いて毎日十円もくれるなら学校を辞職して新聞屋になった方がいい。然し是は承知する新聞はないだろうから…、何の彼の云うが今までのままだ。飯が食えれば教員をやめて明治の文士とすます所が、この様子なのでこれ以上の続きは書けないだろう」

夏目は希望に満ち溢れながら微々たる迷いの霧を帯びたことも事実であった。そして勤める学校が始まる九月になった。

八　帰京の挨拶へ

新橋停車場に着いた戸川は思った。「今後数ヶ月は兵士の凱旋で騒がしくなるのだろう。俺も凱旋？　いや迎えはいない、只の帰省だ」

いままでの休暇時の帰省と違って持つ荷物は僅かに重い。左右交互で握り直しながら駅舎前広場に立った。熊本の高瀬から家族と帰京したのは七歳の時である。「この広場は警視隊の出入りで賑やかだった。薩摩軍が挙兵した西南の役に対処するために多くがこの停車場広場で出陣を上げた」と駅舎を利用する度に両親から常に聞かされたことも急に思い出した。それから三十年近くになろうとしている。こんどは露西亜目指して行ったり来たりの停車場だったのだろう。「あ、十年前もこれ以上だったか、清との戦争後、近くに凱旋の門も建設されて」妙に更ける自分自身に叱咤しなければならなかったが「便利になったものだ、路面電車は。一昨年までは馬車鉄道だったのに」とぶり返す。「でも今日はこのまま車で帰ろう」と云いながら辻待ちの人力車を呼んだ。

「何方へ」

「木挽町から亀井橋に這入ってくれ」

「築地の一番先ですね」

「そうだよ、築地一丁目」

「お客さん、煉瓦街を通りましょうか」

「それじゃ遠回りになるよ。いつも蓬莱橋を渡って木挽町に這入るのだ、歩いて。今日は手提げが僅かに多いので車を使うのだが」

「まあ、木挽町の中を通った方が、そりゃ早いですがね、凱旋記念にどうです。賑やかな通りを」

「まあそうか、帰京記念で堂々と賑やかなところを」

「お客さん、外からの御帰りじゃないのですか？」

「いや、そんなに頑張ってはいないよ」と云いながら、戸川は前に下して斜めになっている座席に腰を据えた。車夫が「上げますよ」の掛け声とともに会話は途切れた。

車は歩き出し新橋の袂に来た。橋の向こうには、煉瓦造り白壁の数個で一棟とする二階建て店舗が道路の両側に並んで続いている。二階は室外に張り出した手すり付きの縁を備えたものが多い。先では街路に繋る柳の並木が引き立っている。道路は路面電車が複線で走る中央道路と車道、煉瓦敷の歩道とが整然と分けられている。

遠い地方での務めの義務を果たした満足感で眺める戸川には、それらの風景が今までよりもより美しく映った。そして新しい気概を得たのか、新橋はその起点のように感じられた。

「車夫さん、本郷まで行けるかい」

「お客さん、急に、どうしたんです」

「土産は早く届けた方がいいだろう。先の先まで行ってくれ」

「極端に遠くなりましたね、まあ日も高いから踏ん張りますか、真直ぐの道ばかりだし」

「ありがとう。遠いところにいれば故郷の悪口は云えないものだ。だがこれから東京の故郷に落ち着けば何かと東京を貶《けな》すだろう、故郷東京のためだが。その出端に街挨拶をして行こう。我が国一のメーン・ストリートを皮切りに」

車は一気に駆け出した。新橋を渡り、加速順調で尾張町一丁目を過ぎ、銀座四丁目辺に入る。

行き成り車夫が顔を横に向け甲高い声で喋り出す。

「この通りはあちら風の物ばかりになりました。前の物も少しは残っていますが如何思います」

戸川も高い声で答える。

「残すのも意地だろう、昔気質の建築職人や漆喰塗屋の」

景観が派手やかで洋風耐火建築が殆どになってきているが僅かに混在している。それが三丁目、二丁目、一丁目と来て派手なものばかりになる。人々もハイカラ着で雑踏に。

そして京橋に至る。京橋の中央から見える景観の印象をまた車夫が聞く。

「どうですか、ここからの眺めは」

「木造の誇り、日本家屋神髄通りと呼べるだろう」

「お客さんの話はおもしろいよ。次の日本橋でまた聞かしてくださいな」

京橋から日本橋まで距離十一町程である。京橋までの洋風盛んなものは極端に少なくなり、日本橋に来る。

日本橋から今川橋の七町は江戸以来の店蔵や塗屋、土蔵などが依然として建ち並んでいる。

「商人の気概が気持いいよ。何時通っても」

「私もこの通りを走る時は何か元気が出ますよ、昔堅気で」

「いつまでも残ってほしいよ。そしてこの車も」

「明治になってから始まったこの人力車の仕事ですが、馬車鉄道から路面電車、急な発達で私達の仕事も急に落ちぶれたものですよ。組合も潰されました」

「いや、小回りが利く機動力はまだ捨てたものではなく、横町や裏通りでは、よっぽど重宝されているよ」

「ありがたいお言葉です」

今川橋から万世橋へ向かう。六町程進んだところが万世橋郵便局前になり、すぐに万世橋である。最初の新橋を起点にすればこの万世橋までは、日本橋からの僅かな斜め行きを考慮しても、ほぼ直線になる。明治東京の一番派手やかな経路である。

「郵便局も前は租税局出張所だったそうですね」

「二階建ての建物はそのままだが」

「駅付近は、今、東京一の交通量だそうですよ。広場は相変わらず多忙そうな皆さんで、歩きが早い」

「過ぎたら眼鏡橋の上で止まってくれ」

「神田川に眈るのですか」

「なあに少し望むだけだよ」

戸川は石造りの万年橋の中央から顔をゆっくり左右に向けて川の流れに見入った。いままでの道程から少し間を取った体裁だった。「ここまで来る途中にあった橋下の水路に比べ、ここは川だ。流れを付け替えてあっても川は川だ。小さくても生きている。川面に昇る気流が充満して人を活き活きさせる。冒険させる」声が弾んだ。何度も渡って来た橋も、街中で感じた新鮮さと同じく、今回だけは違った景色に映った。

「渡ったら左に行ってくれ、そしてすぐ右、すぐ左、師範学校を過ぎたら駒込までだ」

「お客さん、詳しいですね」

「そうだな、眼鏡橋を渡れば思い出の多い地域に這入るから当然気持は高まるばかりだ」

「ガタックこれからの道でも思い出の路ということですね、お客さん」

「そうだなー　希望の路だよ。それにしても東京の主力道路沿いは西洋あり、江戸の残り物あり、これからどうなるのだろう」

「駒込はどちらへ」

「千駄木だ。近くになったら細かく指示するよ」

人力はそれまでの道程を行く人力とは様子が変化していった。派手やかで騒がしい周りの中を走る人力は小さく呑み込まれていたが、閑静で落ち着いた通りになり徐々に主客に躍り出た。

九　夏目家へ、夕刻時に

八畳の座敷と六畳の次の間を仕切る襖が全開され、書状がその二間を突きぬいて置いてある。三間余の長さのものである。

「俺の事が二間になる。広げ直して視ればまたまた恐れ入るよ。俺を大尊敬します、か。鈴木も余程だろう。だが田舎へ引き籠るのはだめだ。出京、復学だ」

夏目の大きい声での独り言である。子供部屋まで通る。隣の茶の間に居る細君も呆れ顔である。台所でも下女が包丁片手で顔を動かす。

「敬愛する鈴木よ、俺も頑張った、出るぞ、出るぞ、出版だ！」

声は一段上がる。

細君が覗きながら云う。

「あなた、声が大きいですよ、外にも響きますよ、人が来たらすぐ仕舞ってくださいよ」

夏目は冷静を装う。

「このように広げて読めば、書いた本人の気持ちが十分に伝わるよ。俺のことも」

「あなたのことは半分、御世辞でしょう」

「いや、どうしても真摯な感じとしか受け取れぬ」

「苦労なさっているのですね、鈴木さんは」

夫婦で評論のところに夕飯の準備をしていた下女の声が響く。「お客様のようです」に細君が動き「戸川様です」と知らせる。「あ、猫博士」と云った夏目が急がせる「手紙を早く」と。細君が「おさん、きれいにたたまなくていいから、丸めてあちらに、いつかまた広げますから」と小声で云う。下女が応急処理に。細君「あ、状袋、おさん、これも」、三人は動きながら定位置に着く。夏目は玄関へ、細君は次の間で低く構え、下女は台所へ。

「夏目先生、御久し振りで御座います。このような時間に御邪魔することをお許しください」

「やあー明三さん、これは、これは。なにか学制が変っているそうで」

「はい、それで山口高等学校を辞職しました。今日東京に帰りました。その足で新橋駅からそのまま挨拶にまいりました」

「それは、それは、態々《わざわざ》、誠に有り難う。さあ、お上がりになって」

「いえ、車夫を待たせていますから直ぐお暇します」

「車屋が隣にあるから帰ってもらえば」

「いえ、往復の約束で」

「それは、それは」

「これからは東京に落ち着こうと思いますので宜しくお願い致します。少ないものですが熊本高瀬の品です。召し上がって下さい」

「明三さん、気を使わないで。おー白飴、ありがとう。思い出すなー、熊本では時々口に含んでいましたよ、俳句仲間から貰って。ところで、高瀬は肥後の内でしたか？

池田駅から上りの汽車に乗れば汽車はずーと山の中ばかり走り、いきなり開けて川に出るのだが、その極端さが何ともいえなかった。鉄橋の音と共に美しい広い川が急に現れる。渡ったら停車駅がすぐにあり、印象が強かったことを思い出しましたよ、高瀬駅を。あの川の名前は」

「あれは高瀬川です。まだ熊本ですよ。あれから一駅過ぎて二駅先の三池から筑後になります、福岡県です」

「私には筑後の友人は多く、亡くなった帝大時代の同級に立花というのもいて、妹は肥後荒尾村の家に嫁いだと云っていましたよ。あ、そうだ、うま、馬、右馬七君が、あそこ、その高瀬から通っていたな。おもしろい名前だから印象深くて、苗字はなんだったっけ、俳句の徳、徳、永」

夏目の肥後の持ち上げ話に戸川も乗りそうになったが次に残した。

「これで失礼します」

「明三さん、外をごらん、パラパラ来ましたよ、傘は」

「いえ、持ち合わせていませんが、これくらいの雨は」

「あ、これをお貸しよう。小生のたいした物ではないが」と云って玄関にあったゴム製の雨具を戸川に手渡した。戸川も遠慮もせず受け取る。返納の用事で再訪出来る機会を内心喜んだ。

「上も濡れないように帽子も」

「帽子は車に置いていています」と云って夏目家を出た戸川は外に待たせていた人力車に

近づいた。夕刻の雨はその時だけでその後は降ることはなかった。

「待たせたな。築地まで一目散に願うよ」

「旦那さん、帰りの運賃は半分にしておきます。電車が在るのにワシたちを使ってくれて恩にきますよ」

「そんなこと、しなくていいよ、体力を使わせてすまないな」

二者一機の復路の進行は益々一体になって夏目家を後にした。

夏目家では客の帰りに合わせて通常の晩飯前の体勢に戻っていた。夏目は書斎に、細君は茶の間に、下女は台所に、子供たちはそのまま子供の部屋に。だが夏目は書斎に入った途端にその書斎を出た。そして次の間、座敷を通り越して茶の間に飛び込んだ。

「手紙はどうした、あの長い手紙は」と細君に怒鳴る。細君は細君でそのことを聞かれると慌てて台所に、「おさん、あの長いのはどうしたの」と甲高い声。下女は長箸を握ったまま「えーなんでした」とこちらは低くゆっくりと返した。そのような問答が長く続いた。

翌日、夏目は前夜の騒動を手紙に書きながら微笑んだ。騒動の原因であった自分の拍車掛けを反省しながらも所望するものが浮かんだのである。

その次の日は早朝に机の前に座って手紙を書き出した。書きながら声が出る。勢いが点いたようである。「ケイジョウ　ブンショウカイ　カイカイノギ　ケイショウツカマツリソウロウ　ショウセイモ　コンゲツスエマデニワ　ネコ　ノ　ツヅキヲカクツモリニソウロウ…」表情も仕立て下ろしの様になる。「ショウセイワ　ショウガイノウチニ　ジブンデ　マンゾクノデキル　サクヒンガ　ニサンベンデモ　デキレバ　ドウデモヨイ　ト　カヨクナオトコ　ニ　ソウロウ　ノトコロ…」ここで笑みが。「トニカク　ヤメタキワ　キョウシ　ヤリタキワ　ソウサク」眼光は鋭く成りかけ書斎の縁側障子を射す、ことになったのか、書くのを一時止める。

書斎から開き戸を開け、廊下から便所に入った夏目は用足し後、そのまま寝室を通り抜けて子供部屋の襖を開ける。

「おお、ここにいたか、今からも活躍していただくよ」と云って、組に成り、一匹、一人が書斎に戻る。

「お父さんたら、急に猫におべんちゃら云って」「わたしもそんなに思う」「わたちゅも」三人の娘は確り感じ取っていた。

夏目は猫を膝に置いて手紙を完成させた後は小説の続き六編目を手付け始めた。この作品の大切なことは重々に知っている。これを書く行為そのものが清爽の気を得る。

十　希望の路

街中に大きな変化は感じられなかったが飾り提灯の増大が目に付いた。戦勝盛上用であろう。陸海軍が管轄する建物や施設は益々の勢いで重厚に整備され管理されている。軍人や他部署の官人の素振りも自信満々に見える。

戸川は夏目家訪問の次の日、事後処理のため防長教育会と文部省の関係部所に行った。軽く受け流された。無理に行く必要もなかったが周りの気分がそうさせたのだ。知人宅と築地自宅辺りの挨拶回りは丁寧に対応してもらった。その際、労いの言葉と今後の励ましの言葉を多くの人から貰うのだが、身の振り方の具体策は答えられなかった。

夏目から借りた雨衣は三日後に返すことにした。築地一丁目の自宅から徒歩で亀井橋を渡り木挽町を横断、紀伊国橋から銀座一丁目に出て東京電車鉄道の路面電車に乗る。一気に万世橋駅まで揺られた。千駄木に一番近い本郷三丁目の停車場まで電車で行くには、万世橋駅一つ前の須田町で東京市街鉄道の路面電車に乗り換えねばならない。戸川は乗り換えず万世橋駅から降りて徒歩にした。若い頃はよく歩いた場所だ。千駄木までの概数距離は一里弱であるが、九月半ば過ぎの秋である。歩くのにはいい季節だ。時間はたっぷりある。焦らず楽しみながら進みたい。夏目に対する信頼感が戸川の気持に余裕を持たせていた。

万世橋を渡り、電車の線路が走る道路には出ず、神田川の土手沿いを行くことにした。五、六分ほどで東京高等師範学校の裏手の敷地が現れる。図書館、校庭、校舎群、隣接している東京女子師範学校の本館裏に来る。左には鉄橋で架けられているお茶の水橋がある。暫くして学校敷地沿いの道路を右に曲がっていけば付属小学、幼稚園が見え、表道の電車通路道に出る。戸川がこれまで以上に東京の学校施設に関心が出るのは、勤め先がまだ決定していないことにあった。思いどおりに就職することは出来ないが、希望としてこの師範学校の教壇もあったろう。

戸川はそのような気概を持って表の通り、本郷通りを歩き始めた。八町程で東京帝国大学の正門前である。英文科選科に入学したときは帝国大学だったが、その選科を修了するときは東京の名が付いた東京帝国大学になっていた。京都に帝国大学が出来たので区別するためであった。左手奥の台町や丸山福山町は戸川にとって忘れられぬ所である。帝大先の第一高等学校の横を通るとき、以前は高等中学受験のトラウマが頭の片隅に残っていたが教鞭を執りだしてからはそのトラウマは消えている。追分を右に行き千駄木町に入った。築地の我が家からここ千駄木までは、糸口を拵えるようなものなのか、今日はある感慨を持って歩き、そして着く。

表通りを行けば、角地面を広く取った二階建て西洋館がある横丁入口に来る。それを目印にして僅かに歩き、道路を挟んだ向こう通りの集家の中に夏目の家があり、門構えに近づく。格子戸からの左右は竹垣でしっかりと境界をとっている。夏目家への訪問は三度目になる。

戸川は玄関で雨衣を返納しながら、夏目の挨拶言葉「お上がりになって」が出るまで、雨衣のお礼のこと天気の様子などの話を意識して引き延ばした。そして夏目家に始めて自分の靴を揃えた。

二畳の敷台の間からすぐ次の六畳の間を越して八畳の座敷に通された。戸川は跪き、挨拶をやり直した。夏目もそれに返しながら座布団を勧めた。戸川は座った。夏目の手合図で下女が茶を運ぶ。「いらっしゃいませ」、戸川は作法のしっかりしている動作を見て、この家の見識が感じられた。襖を締め、下女は出て行く。

「明三さん、フロックはもういいよ、次から軽い普段着で」

「ありがとうございます」

戸川は謙遜しながらも最善の準備をしたことに胸を撫で下ろした。夏目とは四歳違いの後輩である。先輩に対しての礼を尽くすことは当然と考えている。

だが教えを受けたほどの後輩でもなく、その門下生から比べれば大分年長で、そうかといって全くの同輩でもない。中途半端でどっちつかず、そのようなことも考えていた。夏目からみてもそうであったろう。戸川に対する敬語の使用が半端であった。

だが程良い遠慮と緊張感のこの間隔は、別枠としての二人の関係が維持される礎になった。

「東京まで鉄道でしたか」

「そうです。特に山陽鉄道は急行列車も多くなり寝台車も連結されるようになりましたので山口までの遠方でも楽になりました。赴任した三十一年の頃から比べれば大きな変化です」

「私が松山や熊本にいた頃は時間も相当掛かりましたのでね。用事で東京に帰るにも難儀で。でも明三さんも、もう、そのような気は遣わなくていいようになったのでしょう。こちらに決まって」

「えー、まー」と戸川は濁した。挨拶中の会話の中ではこう云わざるを得なかった。

「猫はどうされたの、十数匹の」

「大家に引き取ってもらいました」

「それは、それは、良い大家さんで。ところで明三さん、うちの家は一匹引き取っていますよ。明三さんが最初に来られたあの日から」

「あの時の、あの猫ですか」

「今では主人公です。偉い主人公ですよ」

「はあ？」と戸川は云ったが雑誌小説のものとは知っていた。読んでもいた。大変楽しく読んでいた。恍《とぼ》けたのである。

「明三さん、まだ続きますよ。そのことは後で分かりますよ」

「主人公が続く？　ああ、猫が中心の生活で、す、か？」

この話題のことは互いに期待した。夏目が恍けて戸川が楽しむ、戸川が恍けて夏目が喜ぶ、思いは合致していた。それは後の日へ持ち越された。

「明三さん、話は変わるが、あの、文学界、時々読んでいましたよ。明三さんのペンネームは秋骨、戸川秋骨でしょう」

「知っておられたとは光栄です。最初雅号は色々名乗っていましたが同人の一人から秋骨に決められました」

「私が夏で、あなたが秋」

「でも先生、明三と呼んで下さい。その方が、気が楽です。日頃のこういう時には」

戸川はこの日、会話が進み打解けて行く最中に、就職、仕事、の相談をした。夏目はこのような相談事は親身なって対応するのが信条である。此に於いてもそうであった。長居を避けた戸川はこの家の主人公の喉元を摩って夏目家を出た。

十一　猫だけが察知した黙約

戸川は五日後も訪問した。

出迎えたのは夏目だが、主人公も、のっそりと付いてきた。山口での養い名人を主人公も本能的に知っているのだろう。避けることもなく二人の会話の間に寝そべる。戸川も主人公の頭から尻尾までを数回撫でる。

「明三さん、可愛いでしょう。山口の家を思い出すのでは？　猫好きの人間を猫は知っていて、明三さんには懐いているようにみえますよ。不思議なものだ、匂いかな？」

「猫の表情を見て猫の気分を読み取る事でしょうね」

「表情？」

「何百通りの表情がありますよ、声の表情もですが」

「ほおー　東京の猫と山口の猫は違いますか？　方言でもあったりして。松山の猫、熊本の猫、ロンドンの猫、たのしい、たのしい、明三さんの猫学、まだまだ聞きたい」

格子戸の門の開くチリリンの音がした。

戸川は次の来客のためにこの日も軽い話で長居はしなかった。夏目はその日の夜、後輩に手紙を書いた。

〈…小生日々来客責めにて何を致すひまもなく候然し来客の三分二は小生にインテレストをもって居る人々だから小生の方でも逢ふとつい話しが長くなる次第必意自分で来客を製造して自分で苦しんで居るに過ぎぬ愚見に候。〉

戸川は十月に入っても度々、格子戸の音を鳴らした。

「今日は元気がありませんね、主人公は恋をしましたか」

「明三さん、ここ数日鳴く声が弱く途切れるんだよ。食べるのは普通だが」

夏目の膝に来た主人公を見ながら戸川は笑みを浮かべて云う。

「悩むこともあるのですよ、猫も」

「なるほど、さすが猫研究者。じゃー今日は猫に悪いから猫のはなしは後に回すとして、明三さん、熊本へはどうして立ち寄られて来たの、何か気になって、私が四年間お世話になった熊本だからですよ」

「熊本は生まれたところです。高瀬です」

「あ、そおー、この前聞いた高瀬駅がある町」

「昔、両親が東京からその高瀬に引っ越したからです。慶応四年の三月のことです」

「まだ江戸の時ではー。またどうして」

「はい、父がお仕えしていたのが細川家の分家である新田支藩です。江戸末期の変革時に細川宗家の命により、その藩の全部が肥後熊本に下向したからです。新田藩は隅田川河口右岸の鉄砲洲にありました。下屋敷は浅草横の吾妻橋を渡ったすぐ袂にあったそうです。参勤交代が無く定府として二百年間、徳川家のために任務を遂行していたのです。江戸詰です」

「吾妻橋の袂！　際！　札幌ビール」

「え、」

「失礼、私の最初の小説の一場面に使用した場所だったので。でも江戸が騒然としているときの肥後熊本行き、想像が出来ないなー。子供達など家族も一緒に？」

「そうです。晴天の霹靂といいますか、何か何だか分からず動揺の程度は凄かったそうです。七百人が蒸気船二隻に分乗して九州に向かったそうですが、緊急な移転準備では家財道具など真面に積み込めず、乗船まで相当の苦労があったそうです。また品川沖から豊後佐賀関までの航海中も、子供が生まれたり、疲労で亡くなった藩士の水葬が行われたり、一大事だったようです。当然みんな初めての船の長期移動、見知らぬ地への上陸」

「豊後の佐賀関に着いた？　熊本ではなかったの」

「そうだったようです」

「そして豊後から熊本までは歩いて？」

「そうです。細川宗家が使用していた参勤交代の路行程と同じだったでしょうか。熊本城下に着いたら数日して高瀬の町に移動です。町から少し離れた高台に藩の陣屋地が完成するまで町の商家やお寺さんに長く分宿していたそうです。その間に新田藩の名称が高瀬藩に変わりました。そしてその陣屋地で私が生まれたのです」

「大変なことでしたね。それからすれば私の熊本での四年間の苦労話など話に至らない。江戸人のそういう行動は伝え残して置くべきだよ、絶対に」

「高瀬では地元の人から、お江戸さん、お江戸さん、と呼ばれて親切に持て成されたそうです。高瀬藩の藩主は新し物好きで、写真師の冨重利平を柳川から招き写真所を造らせました。利平が熊本城下に引っ越した後は城の撮影や周りの風景を撮り、重宝されているそうです」

「そういえばこの夏目の写真も残っていますよ。五高時代はその写真所からよく撮って貰って、そう、家族の写真も。高瀬藩の御殿様のお蔭と云うべきところ…」

「高瀬町のすぐ近くを流れる高瀬川は阿蘇山を源流とする大きな川ですが、江戸の隅田川に似ているので、藩の人々はその景色を眺めながら故郷の江戸に想いを寄せていたと聞いています。町は河口近くの右岸にあるのですが、そのことも江戸の鉄砲洲と同じで、私たち子供も大いに川遊びをしたものです」

「明三さん、先日も話したその川に架かる鉄橋、高瀬の駅からすぐ近くにある鉄橋、思い出してください」

「はい、高瀬駅を出発し、下りの汽車が熊本の方へ走り出せば富士山が二つある様な山が見え始め、双子富士と呼ばれているそうですが、それに見惚れていれば直ぐ川が現れて汽車がその鉄橋を渡り出しました」

「渡り切り、渡る音が無くなると同時に汽車は山の中へ突入、そうだったでしょう明三さん」

「そうです！　その極端さは印象に残っていますが」

「逆に、熊本の方から上りの汽車で来れば、藪の中の長―く、暗ーい時間から一気に開けて大きな川、

双子富士

そうなりますよね明三さん、二度目でくどいようだが」

「は、はい」

「そうですよ、ね、その感じを私は詩にしていたのです。当然、高瀬は肥後の内という意識が無い時の漢詩です。それは友に送ったものですが、詩の控え帳から探し出したものです。これです」と云いながら戸川にそれを見せた。

掉頭辞帝闕　頭を掉りて　帝闕を辞し
倚剣出城闉　剣に倚りて　城闉を出づ
崒嵂肥山尽　崒嵂として　肥山尽き
滂洋筑水新　滂洋として　筑水新たなり
秋風吹落日　秋風　落日を吹き
大野絶行人　大野　行人を絶つ
索寞乾坤黯　索寞として　乾坤黯く
蒼冥哀雁頻　蒼冥　哀雁頻なり

「五言律詩のものですが、三句目、四句目です。高くけわしい肥後の山が尽きたあと、目の前に水の豊かで広い川の流れが突然現れた新鮮な感覚です。どうです、明三さん、次は余談になるかなー、六句目の大野というのは大平原のことですが、実際その先に大野という名が付いた村がありました。まあ、何もない平野の中に、それに引っ掛けたのですよ。東京への帰省時や九州旅行、中学校の英語授業視察など何度も汽車を利用していたので、大変覚えています」

「夏目先生が私の生誕地のことを話されるだけで妙に嬉しくなります」

「明三さん、あと一つ、その双子富士の裾野にある小天という所に私は小旅行をしたのですよ、熊本に行って二年目の暮れから正月に掛けて。いい感じの旅で」

「私も小さい頃、高瀬の町から小舟下りで河口から内海の淵を沿って小港に陸がり、そこから山道を登りながら小天に行った憶えがあります。両親は海と山の景色がきれい、きれいと大声で叫んでいました。でも逆に江戸が恋しくなったのか、江ん戸に帰りたい、江ん戸に帰りたい、と云うのです」

「そうであるならばやはり明三さんはれっきとした江戸の人、江戸っ子だ。藩の人々はいつ江戸、いや東京に戻られたの！」

「三年か四年ごろ分散して帰ったみたいです。私の家族は十年の一月です。丁丑《ていちゅう》の事変西南の役の直前、私が七歳の時です。藩解体後の残務やその他の事でまだ現在も高瀬に残っている人もいるそうです。江戸を出る時も、高瀬を出る時も、争いが起こる前でなにか考えさせられます」

「新政府の施策だったのですね解体は！　明治も三十八年、それからもう三十八年も経つ。この江戸の猫も、ほら、膝の上で聞いていますよ。明三さんの熊本のはなしを。何か勉強になったでしょう、主人公にとっても」

夏目は主人公の頭を三回ほど撫ぜ、湯呑茶碗を握り一口啜った。

「明三さん、云いたくはないが次の客が来る前に帰って下さい。常連の弟子に貴方を紹介したくないから。その代り、また次を待っていますよ。この一冊をどうぞ、まだ二十一冊もあるから心配しないで」

頓《とみ》な言葉に、戸川は戸惑いながら単行本を両手で受け取り表紙に目をやった。直ぐ様、微笑み出しながら顔を上げ夏目を見た。夏目も微笑んでいた。両者の視線は一致した。戸川は湯呑茶碗を握り、冷めた茶を一気に飲み干し夏目家を後にした。そして二人の男性と横丁入口付近で擦れ違いながら本郷三町目の電停に向かった。

夏目は熊本第五高等学校に赴任中の元同僚に手紙を書いた。

〈…御無沙汰に打過申候熊本も其後…来客ばかり日々両三名も引き受け実に閉口いたし候為五六人に手紙を出して当分来てはいけないよと申候処其一人がすぐ参り候…小生は教育をしに学校へ参らず月給をとりに参り候…閑窓に適意な書を読んで随所に山水に放浪したら一番人生の愉快かと存候〉

手紙は熊本に飛んだ。当然熊本の匂いが返って来る筈である。

十二　主人も奔る

戸川の訪問は続いた。

「この家の主人公は活躍してうれしいです。縁側に寝そべる格好も大様になって来て、全身の毛が柔らかくなびき筋肉の緊張する硬さが緩んで、敵に備える雰囲気もなし。堂々の主役です」

「明三さんに訪問してもらうので、この主人公も私も良い気味ですよ。午前中、これが味噌ですねー、午後は客が切れ目なく。お蔭で単行本の初版が売り切れて二版が印刷中、次も、次も、進行に進行を重ねて攻撃目標を奪取完了、で、す、よ。あ、失敬、私も戦争用語を使ったりして」

主人公は秋の日差しを背に受けて、縁の板張りにべったりと吸い付き動かない。だが時折耳は立つ。立つ耳は当分続いていく。

東郷大将が東京に凱旋する。日本海海戦で勝利をもたらした連合艦隊司令長官の歓迎ということで二十二日の東京は賑わう。だが世間一般の熱狂に戸川の気持は加わらなかった。過ぎた五月の海戦に関心が薄れていた事にもあったが、元々少年の頃から軍人になるのが嫌いだったことに起因していた。夏目も知人から招待された二十三日の横浜観艦式を断った。興味索然でふたりは一致していた。

「明三さん、日本は維新後、いや江戸瓦解後、西洋なるものを知って以来、西洋との戦争は今度のものまでなかったのだが、然しその間、精神上の平和の戦争は常に為されていた。国の独立は維持されても、西洋文化に則り過ぎ、真似ばかり。平和の戦争には敗北していたと思うのですよ」

「今度の戦いの結果とはどの様なものでしょうか」

「まあー、云いたくないが当局が自信を持ったということ。持ち過ぎるのも困ることだが」

「国民、日本人としてはどうでしょうか」

「自分たちが持っている標準、考え方の標準に価値を得たことでしょう。西洋も我等と同じで勝てぬということもない、気分が大きくなって自由に振る舞い、文学などの制作には良かったかも知れない。ただ日本人全体がそうなればいいのだが、ただ勝った、勝ったでは無意味だよ。無理が生じるでしょう」

「分かります」

行事は続く。

夏目は熊本時代の教え子と音楽会へ行った。上野音楽学校の卒業音楽会へ誘われたのである。西洋人の聴衆が多くいた音楽会の帰りに、日本橋銀座辺りのイルミネーションを見る。祭り気分の街を通り、九時頃自宅に着いた夏目は沈着冷静に普段と変わらず書斎の机の前に座った。机上に知人からの絵葉書入り封書があった。夏目は開封後、奨励、褒辞《ほうじ》に愉快になる。「主人公を益々活躍させよう」と、二十七枚の猫絵葉書を見ながら机上をガサガサさせながら猫の爪とぎを真似た。その後一気に返事を書く。

〈猫儀只今睡眠中につき小生より代わって御返事申上候…〉

書きながら独り言を。「主人公はネズミとの大戦争で活躍し、戦いの基礎を十分に発揮したので大倉書店、いや、大倉山からの攻撃初めから二十日で売りつくした、いや、陣地占領した。そして十月は東郷大将との大和魂論を駆逐した。次の活躍はどういうものになるのであろうか、と、主人公は考えたか、エトーセトラ」

秋冷えが強くなるにしたがって、夏目には方々からの原稿依頼が増す。主人公を活躍させることで十分な意気を感じていたので容易に承諾はしなかったが、義理堅い夏目の道義心は自らを多忙にさせていった。多忙が意欲を高め、その結果思索にふける。知人や門下生に書く。


〈理想を云へば学校へは出ないで毎週一回自宅へ学生諸君を呼んで御馳走をして冗談を云って遊びたい。文章は書く種さえあれば誰でも書けるものだ〉

〈文章は美しい愉快な感じがないといけない〉

〈主人公が出なくなると片腕もがれた様な気がする〉

〈主人公の為めに名を博した主人は幸福な男〉

〈書斎で一人力んで居るより大いに大天下に屁の様な気焔を吹き出す方が面白い〉


何の彼のと云いながら義理も通し、主人公の次の活躍も、その次の活躍も新しい年の始めに間に合うことになる。

十三　新作への美風

その明治三十九年になっても戸川は直ちに職に就くことはなかった。夏目の指導と示唆が大きかったのか「就職は急ぐな、区切りの時期を待て、遊民中が仕込み時、個人の主義主張は強く高く、世を広め、洋行実現」など訪問する度に夏目の活眼を知ったのである。働き口があり順調な定職に有り付けるに越したことはなかったが、次に備えるための日々を送ることになる。

夏目も他人を指導する傍ら、自分自身を鼓舞して次に向き出して行く。戸川が幸運であったのは、そのような夏目の意気込みの高点の最中に語らう機会を得たことであった。

戸川は水辺をこよなく愛していた。少年時代は築地橋から水路沿を通り、築地居留地附近まで遊び歩き、隅田川の真水と江戸湾の海水が混ざり合う汽水域での釣り、潮干狩りなども楽しんだ。両親からは江戸の盛りにあった鉄砲洲武家屋敷のこと、吾妻橋際にあった下屋敷までの上り下りの舟行生活の話も聞かされ、それを真似て舟遊びもした。いずれにしても水辺と共に育んだ戸川は、好きな故郷東京での暮らしに帰着したことも夏目の助言を素直に受け入れた要因の一つでもあった。

夏目と戸川には英語学の出発に共通点があった。共に少年時代、受験のために神田駿河台にあった成立学舎で学んだことである。夏目は東京予備門を目指して明治十六年から明治十七年にかけて、戸川は東京予備門が改称された第一高等中学校をめざして明治二十年から明治二十一年にかけてである。両者共に英語の必要性を認識して迂路後の入塾であった。この塾の校舎は殺風景極まるもので、教場は汚く、寒く、下駄履きのまま上るような不潔なものであったが、修めた者は妙な誇りを被っていた。この少年時代の話題が、先輩と後輩の間柄、を意識させて信頼と親しみが僅かでも生じたとするならばこれも戸川にとっては良い事であったろう。

夏目は英語教師としての助言だけはあまりしなかった。夏目が専門の領域には踏込まず、相手の教育に対する精神を尊重する立場を常に崩さなかったからである。戸川もそれは心得ていた。心得て居たものの、夏目の人格に服して学識に敬服していた者として、この機運は逃したくなかった。特に英文学に就いての示教を仰ぐ機会と捉えていた。

　夏目が明治三十三年十月から二年間の英国留学で文部省から求められたのは、英語であり英文学ではなかった。

「明三さん、洋行の希望はなかったのだが如何したことか命令が下ってしまったのですよ。ロンドンに行って来い、と。それも英語の研究をと。五高の校長と教頭の企みによって」

「五高の英語教育拡充ということだったのでしょう。夏目先生」

「そうだったと思うのだが、だが範囲とか細目は示してなかった。文部省が英語と英文学の区別も細かくしていなかった。だから出発前に文部省に行き、詳しい事を問いただしたのですよ」

「凄い、夏目先生らしいですね」

「そうしたら、窮屈なことはない、束縛はしない、ただ帰ってから高等学校もしくは大学で教授すべき課目を専修してもらうのが目的、との答えだった」

「少しは夏目先生の期待は叶ったのですね」

「そういう余地は認めるという事だった」

「日本語研究と日本文学研究の違いはすぐ分かるのに、英語研究と英文学研究の違いを意識していなかったのですかね、文部省は？」

「明三さん、私も英語学の大切なところ、発音、会話、文章、の重要性そういうものは悟っていた。だが留学期間に文部省が命じたものを完全に履行することに対して不安も抱いていました」

「理解します」

「それと合わせて付随するものも学ばなければもったいないと強く感じていたのだが、どちらに努力を傾けて良いか踏ん切りが付かないところもあったかもしれない。自分で云うのも何だが、少年時代好んで漢詩を学び、短い期間ながら文学の定義を得たものと勘違いして、流行りの英文学もこういうものであろうと英文学科に入った。この幼稚で単純な理由に支配され半端な文学士となり上がったもので、そこにも不安を憶え、そういう気持に支配されたのでしょう。まあ考えた挙句、ロンドンでの半分は開き直り、文学が如何なものかを分からぬ、その自分の問題を解決したいと決心するに至ったのですよ」

「悩みがあったとは知りませんでした。でも少しはお察し、します」

「明三さん、複雑なるロンドン生活でした。大学の聴講は三、四か月で辞め、私宅教師の方へは約一年通いましたかしら。何から何まで中途半端な動揺を持って、気持が塞いだことも度々でした。でも書物はよく読んだものです。金は切り詰めて本代に廻し、下宿もなるだけ安い所を転々と」

「良い事もあったでしょう」

「劇場で芝居を数回観たことや、ロンドン搭などの名所見学でしょうか。妻と娘の写真が送られて来てからはその写真で慰められていましたよ、不安な日の時はその写真を見るだけで勇気付けられました。家族の大切さを染み染み感じたものです。あ、そうそう、その写真、冨重写真所で撮影されたものです。台紙に写真所の大きな西洋風のハイカラな飾り字が有り印象的でした。二人も良く撮れていました。明三さんの藩、藩、えー」

「高瀬藩です」

「そー、高瀬藩が呼んだ写真師、ありがたい。この写真、暖炉の上に飾って置いていたら、下宿の神さんとその妹が見て可愛い可愛いとお世辞を云うので、日本ではこんなのはお多福の部類といったらキョトンとして、まあー面白かった事なども有はしました」

「そうでしょうね」

「ロンドンでは時々東京が恋しくなり望郷の念にかられました。それと新婚生活、娘が生まれたところ、そうです熊本もなつかしくてたまらなくなりました。肥後路の風景も。ある日、ふと、旅がしたくなりました、日本流の。特に小天を思い出したのですよ」

「私が生まれた町からすぐ近くにある蜜柑山の麓、その小天の旅のことは伺っていないのですが」

「五高の同僚と暮れの二十八日か二十九日に熊本の家を出て、山の向こうを目指したのですが生憎の小雨で、峠に近づくにつれて雨と靄《もや》がひどくなり視界が遮られていきました。だが峠に差し掛かる頃には、それが一気に晴れて一軒の茶屋が現れました。

その茶屋で一服した後は楽な下り道。兎角に名前の如く良い眺めで詩や画にしたい山水の美の中へ入っていったのです。また、御宿は穏やかな有明の海が望める場所で、良い温泉風呂有り、美味い食べ物有り、また楽しい交わりもあって、大袈裟ではなく私にとっての理想郷でした」

「そのように夏目先生に誉めて頂くことはうれしいものですが、どれくらい小天に滞在されたのですか？」

「一週間近く過ごしました。何もかも忘れ棄てて」

「留学先でもそのような場所に行かれたのでしょう」

「いいえ、そのような自然に接する場所にはなかなか行けなかったのだが、ただ一度、帰朝前にスコットランドに旅行しました。スコットランドの北の方にあるピトロクリの谷というところで大半を過ごし、キリクランキーの古戦場を訪れました」

「良い所だったのでしょう」

「ロンドンで使った神経の垢が全て洗われたような、そのような旅でした」

「英国と自然と云えば夏目先生が帝大の学生時代に論じられた、英国詩人の天地山川に対する観念、を思い出します。私は哲学雑誌で拝読したこの論文に依り始めて夏目先生を知り、英文学というものの観念を得たように感じたのです」

「これは、これは、光栄ですなー」

「それと五高時代在任中に発表された、エイルウィンの批評、に非常に興味を持ったものでした。これは失礼ながら一読していないのですが」

「ほー」とだけ夏目は声に出した。そして「留学前の若く理想に燃えた頃の厳《いか》めしそうなものでしょう」とだけ云った
夏目が自分の若い時の論文に謙遜して話題にしなかったので、期待したものが得られなかった戸川は自分から話を振った。

「スノードンの壮大な物語や自然観といえば、えー、熊本小天の情景を論じたとしてどの様になるのでしょうか？」

「ん」と、その時だけ夏目の眼が上を向いた。

「明三さん、余韻は残るものだよ、このエイルウィンの恋物語は。少女ウィニーに、また特にシンファイのかくれた愛情に」

振り戻し乗って来たような夏目に、戸川が調子に乗り曰く。

「ロマンチックな小説は想像力を掻き立てますね。それとも想像力が、ある一方に馳せた場合にロマンチックな物語になるのでしょうか？」

「明三さん、良い見立てだ、それ！　それ！」

「？……」

十四　情熱と誓い

東京は大勝利の文句が段落したように関係行事も減っていった。興奮は冷めるのも一瞬であり、大衆は普通の営みに戻ったのである。国家、国家と謳う者だけは余韻を残していた。三月は富国強兵を推し進めるための鉄道国有化が成され、南満州鉄道建設も進んでいた。

戸川はそのような中で帰京後の生活を過ごす。住まう築地の家は戸川の祖母の家(原家。戸川の父、等照は原家の二男で戸川家の養子となる）で、一時、高等下宿のようなものを営んでいた広い二階家。明治三十三年に女子美術学校を創設し三年前に亡くなっていた叔母横井玉子の里になる。この家から戸川は明治学院に通学した。同級であった島崎春樹なども度々遊びに来ていたが、戸川はその仲間内によく叔母の噂話をしていた。「玉子叔母は熊本に居た十九歳の時に結婚した。結婚相手は横井小楠の兄、横井時明の長男である。この長男、左平大は、我が国初の官費アメリカ留学生でアナポリス海軍兵学校初代入学者である。結婚後玉子叔母は女性としてはめずらしく熊本洋学校で英語を学んだ。上京後は外国人居留地内の海岸女学校の教師や新栄女学校の事務監督を務め、礼式、裁縫の教師と舎監も兼任するなど、一人で何役もこなしていた。洋画や日本画などにも興味があった」などである。若い島崎たちは程良い刺激を受ける。

戸川が再びその家で東京暮らしの安住に戻り半年経った頃、その島崎春樹がひとつの長編小説を完成させた。島崎も長い信州小諸での教師生活を終え、戸川より五ケ月早く帰京していた。長編小説は帰京前の日露戦争が始まりかける空気の中で稿を起こし、教え子や同僚教師などが召集され出発するのを停車場で送り、毎日のように駆け通る号外売りの呼称、万歳、万歳と叫ぶ人々、戦争の足音が静かな小諸にも押し寄せる最中に前半を書き終えていた。その半ば書きかけていたそれを移りすんだ東京西大久保の家でも続け、完成させたものであった。

戸川が島崎と会ったのは桜のツボミが囁きだすような暖かな日であった。東京に構えてからも二人が同行するのは久しい事で、日本橋付近の飯屋に戸川が誘った。昔二人が同人だった雑誌『文學界』を旗揚げしたのは日本橋本町四丁目の角である。

「憎いじゃないか明三、ここを選ぶなんて。近いからあの頃が浮かぶよ」

「そうだよ、俺の気持だよ。黒い土蔵造りの商家も残っているし、あの頃の雰囲気がまだ十分に有り、青春の思いを潜るように文学界のあの仲間たちが春樹の作品完成を祝える様な、ここに決めたのさ。いるのは俺一人だが」

「ここは文学界の産声の町だからなー　年齢も性格も異にしていたが熱い友情が堅く俺達を結び付けていたよな」

「春樹の、今度のものは、それらみんなの集大成だよ、まあ始まりか」

「大袈裟だよ。大した作品でもない、長編は長編だが。それよりも何年前になるかな文学界の創刊号を出したのは」

「二十六年の正月だよ。春樹は原稿を書いた途端に旅に出たが」

「神戸の宿で第一号を手にした時の歓びは今でも憶えているさ、その感動が今に繋がっている」

「そう、今度の長編に、だろう!」

「明三にそう云ってもらうだけで俺は幸せだ」

「春樹、文学界の頃は清との戦争がのしかかった時期もあった。二十七、八年当時、俺たちは動揺の時だった。それでも励まし励まされ、それを乗り越えた後は再び盛り上がった」

「思い浮かぶのは一葉女史か、明三」

「そうだなー　一葉さんが亡くなって今年は十年目の年になる。早いものだ。よく上り込んだよ、一葉さんの宅へ。お袋さんや妹さんに迷惑を掛けたのが反省材料だが」

「おれは遠慮していたよ。良く考えてみれば、女史の書いたものは、お婆さんのように賢かった。若い婦人の熱情と、年老いた婦人の賢さとが、不思議なくらい結び付い

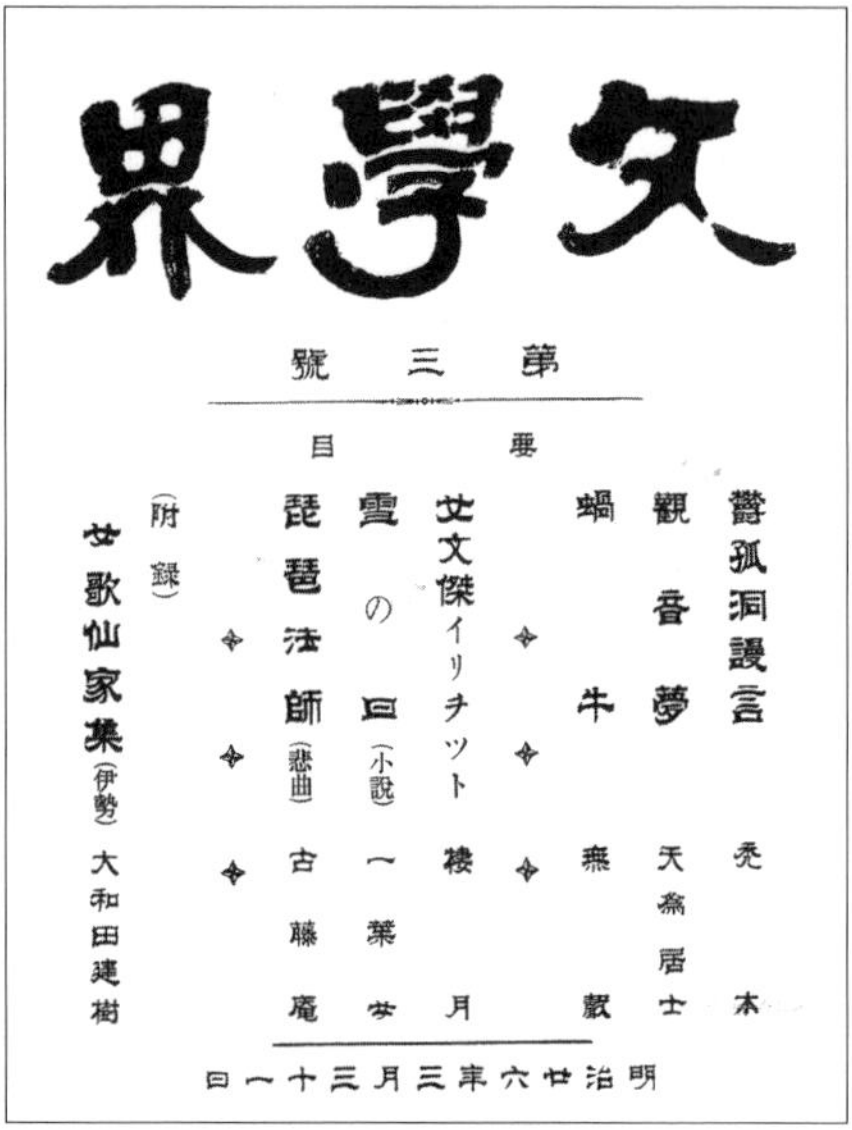
文學界

第三號

要目

鬱孤洞漫言　禿木

觀音夢　天爲居士

蝸牛　無聲

女文傑イリチット　楼月

雪の曰（小說）　一葉女

琵琶法師（悲曲）　古藤庵

（附錄）

女歌仙家集（伊勢）　大和田建樹

明治廿六年三月三十一曰

文學界第三号
（明治二十六年三月刊）
熊本県立大学学術情報メディアセンター所蔵

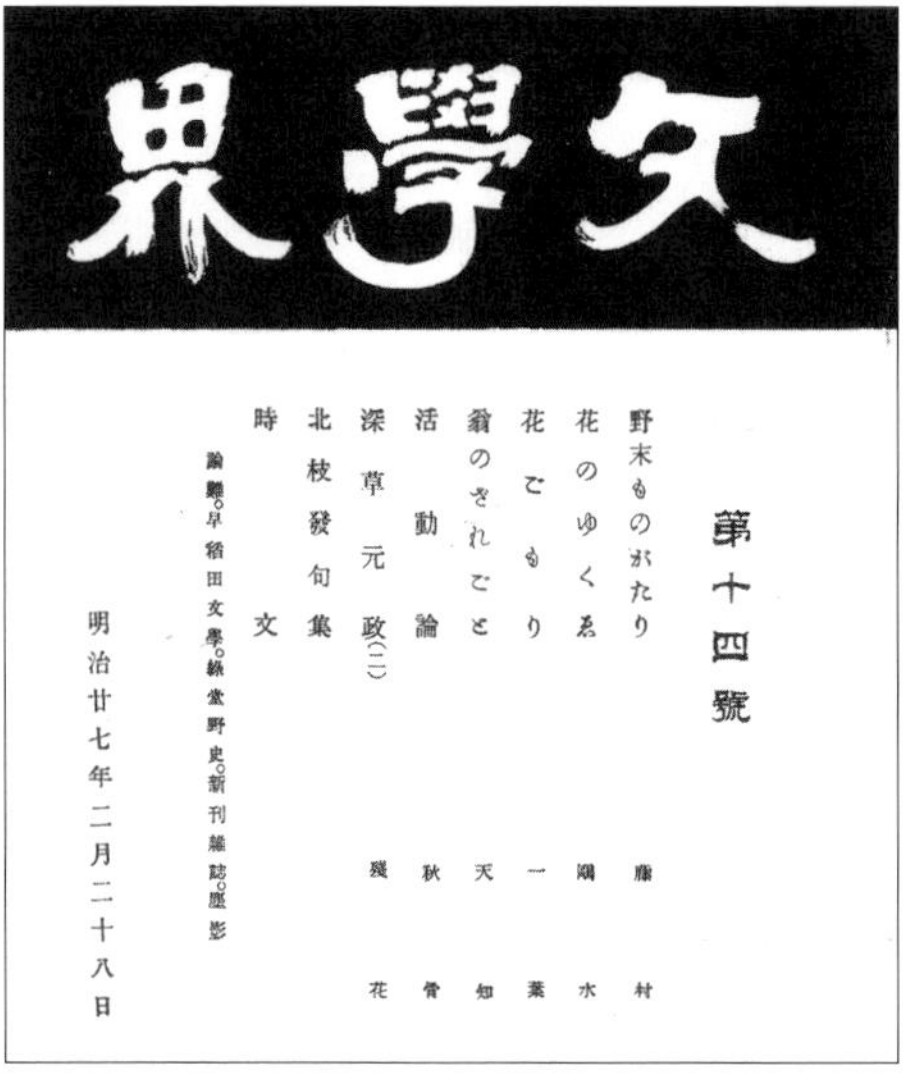
文學界

第十四號

野末ものがたり　藤村

花のゆくゑ　瀾水

花ごもり　一葉

翁のされごと　天知

活動論　秋骨

深草元政（二）　殘花

北枝發句集

時文

論難。早稻田文學。綠堂野史。新刊雜誌。塵影

明治廿七年二月二十八日

文學界第十四号
（明治二十七年二月刊）
熊本県立大学学術情報メディアセンター所蔵

ていた。何か女史の生涯に無理なところがあった様な気がしている」

「一葉さんの作品は、婦人としての強い訴えがあったからだよ」

「そこが、人の心を動かしたところと思うが、もっとあの若さで伸びてもらいたかったよ。正直に云えば女としての女史をあまり好まなかった。あれほどサッパリした人だったが、やはり女というものを全くヌキにして女史を考えることはできなかったよ。馬場君、平田君、上田君、上川君などどうだったんだろうな、明三」

「ものを感じ、また、それを享け入れる力に富んでいた女性だったから、皆そこの何かに魅かれていたと思うよ。才気溢れる」

「樋口家は経済的に行きづまっていたが、そんな境遇には負けていなかった。俺は人間としての強さに尊敬はしていたさ」

「春樹、一葉さんの病が篤《あつ》くなっていた頃に、春樹は赴任した仙台から溢れるように詩を送ったよな、何か感じるものでもあったのか？　通じるものが？…、まあ理屈はいいか。俺たち、文学界の俺たちの、青春時代の女神でいいだろう」

「そうしておくか！」

丼ぶりが配膳され箸を取る二人の表情には笑みが。

「炙った皮付き鶏肉と青ネギすき焼きを卵でとじたものだ」

「美しい色合いがいいぞ、明三」

「濃厚でありながらなかなか上品な味だよ、美味しいから、さあ食べな」

会話は完食まで途切れる。同級の誼《よしみ》で間は同じである。喋りと黙りは周波の如くである。長い他所での暮らしが二人を遠ざけていたが、安らかな始点に帰り着いた。

食後の会話は次に構える心掛けであった。

「明三、聞いてくれ、自分等の筆だけで家族を養い得るような時代ではない。時代の激しい動揺を背景にして芸術上の心労と創作の悩みの中にいる。新聞社に関係するとか、学校で教鞭を執るとか、雑誌の編さんにたずさわっているとかして、何か仕事もっているものはいいが、単独で創作に従事するものは少ない。だが俺はそれに挑戦するつもりで、破戒、という長いものを書いた」

「それだけか」

「いや、別なところもある。北村や女史など報いられるところ少なくしてこの世を去った。それではだめである。著作者の価値を高めたいのだ」

「春樹のその気持ちは以前から知っていたよ」

「まだまだある。出版業者との直接交渉のことだ。何とかして著作者と同じ立場で読者を開拓して行きたい。自分の進み得る道をはっきりとさせたい。だから、破戒、は自費出版としているのだ」

「春樹、素晴らしい事だ」

戸川は満腹であったが心腹もした。店を出る暖簾を先に分けたのは当然島崎であった。「穏やかだ」と途端に島崎が叫ぶ。戸川も釣られて空を見上げる。二人の足は日本橋の袂へ向かい出した。

「あの店の名前は何だったたか?」

「玉秀だ。俺のこだわりの名だよ。生まれたところの郡名に玉が付いていたからだ。肥後の玉名郡だ。良い名だろう」

「熊本か」

「そうだ、心のふるさとだ、田舎だが」

「田舎もいいさ、去年まで居た信州小諸も良かったぞ。もう少しすれば濃厚な色の花の季節だ。早春の詩の季節だ」

「春樹は心が優しく器用だから詩も作れるし、小説も書ける。俺は不器用だから教師の仕事しか向かないよ。精々下手な英語の翻訳ぐらいだろう、出来るのは」

「明三、何を云う、教師は立派な聖職さ、俺は旅素浪人だよ」

「サンキュウ、春樹の単行本、知り合いには大いに紹介するよ」

「メルスィ」

　賑やかな橋を渡りながら人と行き交う中で、戸川と島崎は中央付近で止まり橋の欄干に身を寄せた。

「そよ吹く春風は初心風だよ」

「春樹はここでも歌う人だな」

「明三、魚河岸はいつもの通りだよ」

「一生懸命だ、みんな体を張っている」

「贅沢は云っていられない、明三、遣るだけだよ」

日本橋でも誓った二人だった。

十五　影響受け

主人公が鳴く。にゃあにゃあ、と甘えた声で鳴く。朝めし準備中の台所で鳴く。下女は何時もの顔で主人公も見ない。七輪にかけた鍋をかきまぜているだけである。主人公がまた鳴く。にゃごにゃご、に変わった。だが下女は、そのままかきまぜる。またまた主人公の鳴き声が変る。にゃごおうにゃごおう、と高く強く鳴く。そこで下女が主人公を見る。鋭い目をして「めっ」と云い睨み付ける。だが、かきまぜていた杓子で出しをとっていた昆布を鍋横で押さえ、支えていた左手の親指と人差し指でその昆布をつかみ、自分の口へ持っていく。手頃な大きさの昆布で一気に口の中へ入る。鳴きを止めていた主人公は静かにして眺め上げる。噛み切られた昆布の一部を口の中から取り出し、主人公の前に放り投げた下女は「ほれ」と叫ぶ。主人公は逆に下女に肩透かしを食わせるように、昆布の噛み切れが土間に着陸する前に横を向き中廊下へ歩き出す。

この様子を珍しく早起きした夏目が観察していた。台所横の風呂場で顔を洗いながらである。手拭で顔を拭き終わった夏目がにこつきながら、土間の噛みちぎり昆布を拾う下女に声を掛ける。

「おさん、やられたな」

「ご主人の猫、この頃生意気になりました」

「けちなことをするからだ」

「でも朝に餌はやらないようにしているので、まね事だけでしたが」

「今日は相当にひもじかったんだ。鳴き方が違っていただろう」

「そういえば段々うるさくなって」

「猫にも声の表情が何百通りあって、それを聞きつけなければならないのだよ、おさん」

「ご主人、誰かさんと同じこと…を」

「ん、んん」

夏目もそそくさと中廊下から茶の前へ。長火鉢に座り下女が入れた朝茶を飲み、いったん書斎に行く。机には書き終わった原稿用紙が重ねてある。主人公も茶の間から付いて来て夏目の横に陣取る。

「三十枚か、これはお前のじゃないよ。お前のものと同じ雑誌の次号に載せようとしている小説なのだ。高浜主宰へ云ったんだよ。毎号版で押した様な事を十年一日の如く続けては立ち行かない、先ず巻頭に世人も注目をひくに足る作物を一つ載せることが重要だ、などと。だがこの雑誌に文句を附けた手前、汲々として書いている小説だ。心配しなくていい、お前のものは更々どんどん進んでいる。十日に九番目の活躍を発表したが、十番目の活躍もその小説と同時に発表してやるからな。先程のおさんに対するお前の仕業も何行か執るから楽しみに期待しなさい」

夏目は主人公に矢継ぎ早に話しかける。主人公も夏目の顔面を見て瞬きを繰り返す。喋り唾が飛んだのだろうか。

幼い三人の娘たちと朝めしを済ませた夏目は、書斎に戻り庭を眺めた。椿の花がつぼみを着けている。主宰に手紙を書く。

〈…三十枚余認めた所、何だか長くなりそうで弱り候。夫に腹案も思ふ様に調はず閉口の体に候。実を申すと今日杯はぶらぶら白帆の見える川べりでもあるきたい所の候。〉

来客有、下女が取り次ぐ。

「やあ、明三さん、主人公は調子抜群です。知恵深くなりました。おさんどんと良い仲ですよ」

「そうですか、人間研究が進んでいるのでしょう。癖の研究が。この前云った通り、取り捌き易い人間には鳴き方を変化させていると思います。まずは甘えた声から始まりますが、猫撫ぜ声」

「了解、了解、大了解」

「人間も頼みが有る時は猫撫ぜ声になりますでしょう」

「なるほど」

「今日の私がそうですが」

「明三さん、また何で？」

「御頼み事です。本日伺ったのはそういう事です。御願いに参りました。今度私の友人が小説を単行本として出すのですが、…」

「明三さん、遠慮なく云って、主な内容は？　どこから出るの？　それは楽しみだ。早速、買いに行きますよ」

「上田屋というところからで、破戒、というものです」

戸川の諸事の説明に夏目も発奮した。自らの新しい小説の主題と意図の方向が決まらずにいたが、その迷いが取れたのである。以後一週間は一気に枚数が進んだ。早急に高浜主宰に連絡を取った。


〈新作小説存外長いものになり、事件が段々発展只今百〇九枚の所です。もう山を二つ三つかけば千秋楽になります。松山だか何だか分からない言葉が多いので閉口、どうぞ一読の上御修正を願いたいものです。〉

それから八日後の四月一日に主人公の十回目の活躍ものと、もう一つの小説が常連雑誌に発表された。大学の仕事もあり、さすがに多忙だったのだろう。高浜主宰に書く手紙にもそれが如実に出た。

〈校正は御骨が折れましたらう多謝々々其上傑作なら申し分はない位の多謝に候。僕試験しらべで多忙しかも来客頻繁。どうか春晴に乗じて一日川があって帆懸舟の通る所へ行つて遊びたい。島崎の破戒と云ふ小説をかつて来ました。今三分一程よみかけた。風変りで文句杯を飾つて居ない所と真面目で脂粉のない所が気に入りました。〉

同じ日に夏目は門下生にも書く。

〈破戒は二三日前買いました。破戒の著者は此著述をやる為めに裏店へ入つて二年とか三年とか苦心したと聞いて急に島崎先生に対しても是非一部買はねばならぬ気になりすぐ買つて来ました。是は只買つて来たのです。面白くてもつまらなくても構わない買つて来たのです。夫《それ》から半分程読みました。第一気に入つたのは文章であります。普通の小説家の様に人工的な余計な細工がない。事項が真面目で、人生と云ふものに触れて居ていたづらな脂粉の気がない。甚だうれしい事と思ふ。〉

夏目は「破戒」を絶賛しながらも自分が書き始めていた小説を仕上げた。主人公活躍のものは当然として、別物の小説も愉快なものに仕上がった。「破戒」とは正反対のものと門下生にも云った。「破戒」が夏目をして神経衰弱が癒るような愉快な小説を作らせた格好となった。

四月三日にも門下生宛て投函する。

〈破戒読了。明治の小説として後世に伝ふべき名編也。明治の代に小説らしき小説が出たとすれば破戒ならんと思ふ。〉

四月四日に大学の後輩へ。

〈拙文御推賞にあずかり感謝の至に不堪候…〉

同じ日に高浜主宰へ。

〈五千五百部うれましたか…〉

四月十二日に雑誌同人に。

〈…御ほめにあづかり難有奉謝候…〉

夏目は自分が書いた小説の評判も気に掛けた。最初に赴任した地方の町を舞台にしたような小説に対し、徐々に飛び込んで来る意見は大方が良いものであり、門下生などが作成した文章をほめる余裕に繋がった。論じ合いながら子弟との關係を深め、自らの創作意欲を益々鼓舞していった。

「破戒」の評が世間一般に良く、それらにも影響を受ける。

十六　神保町の書店にて

夏目が二作目の小説を発表し創作の意識が益々高まっていた頃、牛込区新小川町に拠点を置く或る会の機関誌発行所で働く女性がいた。女性は三度目の結婚生活も破綻し、妹夫婦を頼って前年明治三十八年の十月か十一月に地方から上京していた。その女性は夏目が熊本時代に友人と旅行した温泉宿で夏目たちを持て成していた女性である。妹の夫は明治三年十二月生まれで戸川明三の生まれと同年同月である。そして二人は同じ郡に属する地域の生まれである。その夫の実家に、夏目の東京大学予備門と帝国大学の学生時代の学友の妹が嫁として入っている。これらの接点はこの時代を顕現していく。

若葉が一斉に茂り木々の枝に蔽いかぶさる。緑色は種々で雑多である。夏目家の周りもそうである。書斎に籠る夏目は原稿料受領の書を仕上げている。筆は丁寧に動く。主人公活躍の分三十八円五十銭と愉快な小説の分百四十八円のものである。

「俺の顔も新しい葉っぱのように初々しい笑みとなっているか？　どうだ、オイ」

時折主人公に話しかける夏目の声は弾む。受領書を書き終わったのだろう、投函傍ら散歩に出る準備であろう。気持区切りとでもいうのか動作は早い。夏目は決めていた。愉快小説で設定した主役人の母校附近に御礼廻りをと。

「出掛けるぞ」と「何方へ」の夫婦の決まり文句に変化なし。

「神田方面だ」から「ご用心で」と行先以外も変化なし。

夏目は投函後、本郷三丁目の停留所まで歩き街鉄に乗る。そして須田町経由の小川町停留所で降りた。普段の土曜日はその停留所から講師を兼任している駿河台の明治大学まで歩いているのだが、関係のない月曜日のこの日は小川町の物理学校の前路地まで行き御利益参りとした。通りながら唱えたものは「良い評判でありますように」だったであろうか、「次に繋がりますように」だったであろうか。そうこうしながら夏目は神保町まで歩いた。書店散策である。原稿料の大半は概ね好きな本の購入代金になる。

神田神保町はこの時期、清国留学生の多い街であった。明治三十二年の法改正により外国人居留地が廃止され外国人の内地雑居が可能となり、日本の街中に外国人が住むことができるようになったことが基本にあるが、清国政権の弱体と腐敗で、青年学生などの日本研究熱が盛んになり、政治変革を目指す者などが大学や学校が多いこの界隈に集まったからである。書店と古書店が並び、留学生が手に入る書物も充実していたことにもあった。

夏目もこのような社会状況には当然に敏感であり漢籍にも興味あった。元来、二松学舎に籍を置いたこともあり少年時代は漢学が好きであり漢籍は多く読んでいた。僅かなきっかけで英文学に歩を進めたが、夏目の長所はこの二面の幅の広さにあったと云えよう。

夏目は神保町の西の端にある松雲堂書店に入った。ここの店主は夏目の後輩と親交を深めている。後輩の葉書も飾られている。丁寧な字で、土井晩翠、の名前がある。

第二高等学校に勤めている後輩である。

「ああ、それは仙台の絵葉書です。土井さんがよく送ってくださいます。その横の写真は土井さんの帝国大学英文科時の写真です。今年が三十九年ですので九年前の写真になりますすか、大切にしています。五人の内で一番男前ですね。その右が岡田正美さんで左が戸川明三さん、後ろの右が藤岡勝二さん、左が青木昌吉さんです」

「店主、土井の外に二人は知っているよ。青木と戸川、皆若い、これがあの戸川とは」

「頂いたとき帝国文学の編集委員の写真と伺っています」

「私が熊本に赴任していた頃のものだね」

「お客さん、熊本にいらっしゃっていたのですか、土井さんが作詞した、荒城の月、あれも九州でしょう」

「豊後の岡城、土井もいい詩を作ったよ」

「ところで肥後熊本の御城は大きいそうですね」

「大きかったよ、天守閣はなかったが。櫓が少し残り」

「じゃあ、熊本も荒城ですか」

「街の中にあるからそういう雰囲気ではなかったよ、軍の鎮台、いや師団が陣取っていたし」

「熊本は第、何師団ですか」

「第六師団だよ、高等学校は第五だが」

「第一がここで、第二が仙台、第三が京都、第四が金沢、そして第五が熊本、云えました」

「この熊本は嫌になったよ。忙しくて、教師等の人間関係がチマチマして」

「第五高等学校が、ですか？」

「そうだよ。でも学生は礼儀正しくて質素で良い気風だった。そして熊本の生活はいい心持で暮らしたよ、水が綺麗で、人が親切で」

「熊本も、学校あり陸軍の師団あり賑やかな所なのですね」

「この写真の戸川君も生まれは熊本だよ」

「そうですか。今、巷ではある熊本人の噂がありますよ。以前その人の漢訳本を置いたことがあるのですが」

「何という本だい」

「二六新報、に連載されていて単行本になった、三十三年の夢、という本ですが、その本が契機となり中国同盟会が昨年に結成されたそうです」

「それが留学生の流行になっている」

「その熊本人が中国同盟会の機関誌の発行所を引き受けているそうです。留学生を伴って、これを置かせてくれと云って来ました。宮崎と名告っていました」

説明しながら店番に近い棚から一冊抜き出した。

「これがその機関誌です。民報、第一号です」

夏目はそれを手に取って表紙を見た。表題の右上を指さしながら云った。

「日本明治三十九年四月十日第三刷発行、ほう、売れているのだね」

表紙を捲った。

「あの孫中山が巻頭詞を書いているか」

裏表紙を捲った。

「発行所、牛込区新小川町二丁目八番地、印刷、神田区中猿楽町四番地、秀光社、ここ等ばかりじゃないか店主」

「そうですよ、複雑なところです」

「清朝はどのように動いて行くのかな、クワバラ、クワバラ。この、民報、頂くよ」

「ありがとうございます。土井さんにもお便りしておきます」

「久しぶりに飯田橋を渡って帰るか、時代を考えながら」

夏目はその他の書店巡りはしなかった。松雲堂から直接飯田橋へ行く。飯田橋からすぐ先の新小川町を散策して東電に乗った。

十七　気色

薄暑、夏目は南側の障子を開け広げて庭を眺めた。数多い卒業論文を漸く閲読完了。疲れ目を癒すためか、論文脳が詰まった頭の大掃除か、立ったまま両手を組み頭の上で返しながら背伸びをする。口は半開きで息を吸って大きく吐いた。書き掛けている創作物も無く気抜け時間は次に進む前の好日か。

戸川が来訪した。

「やあ明三さん、あなたの同級の小説読ませて貰いましたよ。この時代を代表する小説です。将来に残るものですよ。読み終わったあと実のあるものを読んだような気がしました。文章も新しくて、何となく西洋の小説を読んだような感じになりました」

「島崎も夏目先生に読んでもらって、そしてお褒めに与って大変うれしいことでしょう」

戸川も安堵した表情を示した。

「明三さん、此の前、神保町の書店に行ったのだが、土井、土井晩翠の話題が出て、一緒に並んでいた貴方の写真をみましたよ。帝国文学の編集委員の写真ということでしたが」

「土井、ああ土井君、第二回の委員の写真だと思うのですが」

「みんな気合が入った顔で、使命感に溢れて帝国大学精神が漲った写真ですよ」

「いやあーお恥ずかしいことです。委員は一年ちょっとの期間でしたが、その写真は宝物の写真です」

「私の作品に繋がって」

「そのようなお言葉は有り難いことです。今年の一月号に載せておられる、趣味の遺伝、夏目先生の何か別な新しいものを感じたのですが」

「戦場のことなど、経験していない私に書く資格もないし出征した人にお叱りを受けるのが当たり前なのでしょうが、ああいうものになりました。体験された苦しみや亡くなられた人に対して何か残したかったのです。帝国文学のページを借りたのですが」

「夏目先生のいたわりの気持や情が痛いほど分かります」

「いや、私の負い目からですよ」

「先生、先生、昨年一月号の、倫敦搭、また読み返しているところです。帝国文学以外のもの、カーライル博物館、もです。実を云いますと秋にロンドンに行けるかもしれません。短期の旅ですが」

「それは、それは」

「画商の通訳で随行することになりました。その画商は江戸絵の収集家でそれを売り歩くということです。名前は小林文七という人ですが」

「明三さん、私の友人で第一高等学校の教師をしている米国人のモリスという者が日本の美術書画に興味を持っていて…、その小林という画商は明三さんとどんな関係があるの？　もし知り合いであればモリスを紹介して貰いたいが」

「いえ、まったく知人でも何でもないのですが、上田敏などから話を持ち込まれまして、引き受けた次第ですので」

「帝国文学を創刊した発起人のあの上田君、彼が？」

「そうです。文学界で同人だった誼です。私としても有り難い事です」

「それは良い事だ、大賛成！」

「先生が常常云っておられた洋行が実現することになります。山口高等学校退職後の待機が良かったようです」

遊民中の良好な時宜も得て、助言も効いた格好になり夏目も喜ばしかった。

「機運が熟したのですよ、明三さんの行いが良くて」

談じる事柄がどんどん繋ぎ合わさって行く。夏目は回《めぐ》らした。取り敢えず帝国大学の繋がりで話題が進んでいるが他もあろう。人と人の繋がりは何処で如何ようになるのか分からない。分からないが故に面白い。面白いから興味が出る。興味が出るから学ぶ。学ぶから理解する。理解するから探す、探すから当たる、当たるから、尊い。小さい偶然も天からの偶然も控えるか。

「夏目先生のお導きです」

「大袈裟、大袈裟、ところで明三さんに全く関係ないことだが、今、清国の留学生が多いそうですよ。神田の神保町で中国同盟会が発行するこの民報を買ったのですが、それに留学生も相当の協力をしているそうです。また聞くところに由れば熊本の宮崎と云う人物も係わっているそうで」

「熊本の宮崎？」

「三池生まれで予備門と帝大時代の学友の妹が、肥後荒尾の宮崎家に嫁いだと話した事がありましたが、まさか関係するとは思えず、明三さん、冗談半分で如何か」

「肥後熊本も広いですので。夏目先生もいつか高瀬は筑後と勘違いしていたと云われていたのですが、筑後の三池に近い高瀬辺りの肥後人かもしれませんよ、私も思い付きの、冗談ですが」

「このような話、まあ当て事は外れてもおもしろい」

真剣に成りかけた戸川も次の話題に移る。

「夏目先生は主人公十度目ものと同時に愉快小説も発表されているのですが、これは爽快で、ほんとうに愉快な物語ですね。舞台となっている場所は想像できます。熊本の前の赴任地松山」

首を縦に振る夏目に対して戸川が云う
「じゃあー次は！」

夏目も返答はするが、素早く逸らす。

「苦心してもう、もう用意していて、あ、用意しているのですか、準備は、たび、旅の」となり、戸川も不思議そうにして真面目に答えた。

「九月の始め頃と聞いていますからこれからです。それまでまた先生に外旅の心得など教えて貰いたと思います」

戸川との会話は、学生の論文を多く読み凝固したような思考を解かす良い機会となった。そして洋行という希望を抱いた戸川の気色にも夏目はインスピレーションを強く鋭く動かされた。

漫然と創作意欲を膨らませている自分に活気が入ったようで思慮を巡らした。生涯に文章がいくつ書けるか、喧嘩が何年出来るか、人間は自分の力も自分で試して見ないうちは分からない、握力などは自分で試すことが出来るが、自分の能力や文学上の力や強情の度合いなどはやれるだけやってみないと自分で自分に見当がつかない、機会は何でも避けないで自分の力量を試験するのが一番である。人間と生まれた以上は自分のものを一頁でも書いた方が人間と生まれた価値がある。

十八　心のコラボレーション

戸川が通訳として随行する外遊の出発日が九月十日に決まった七月初旬の日、戸川は早朝に夏目家に行く。電車に乗り本郷三丁目の停車場で降りてから通常通り夏目家までは徒歩である。早朝訪問は非常識な所行であるが、気持が逸《はや》ったのだ。途中、一高生、帝大生、師範生、女子師範生、教師、教授、など登校する群衆と行互い、久方振りに豊かな教養の大世界に紛れ込んだような感覚で歩いた。到着は朝食後の慌ただしさの夏目家であり、玄関先で夏目に次のことを話して帰る。十日の十時、横浜港出帆の汽船で出発する、米国を経由して欧州に行く、期間は来年の一月末まで、それと洋行に関する指南願いの件、などであった。伝えた戸川はそのまま本郷通りを引き返す。帝国大学の建物を左に仰ぎながら希望が勃々《むくむく》として起こる。これまで少年時代から修得してきた英学への更なる取り組みである。洋行の実現が奮い立たせる。

夏目もまた意気込んだ。主人公の活躍を終わらせ、以前からあった雑誌社催促の、その承諾の意味合いもあり次の作品を目指す。戸川の早朝の訪問時にそう決心した。実際、戸川の出発準備期間と夏目の創作期間が同時並行的に進行した。その間、夏目は数人に送った書簡と端書の中にその新作の事を書き入れた。

七月十七日

〈拝啓　猫の大尾をかきました〉

〈猫の大尾をかいた。八月には出るだろと思うから読んでくれ玉へ〉

七月二十七日
〈今かいてるものはね出来損なっても鎌はないが是非かいてしまはないと義理がわるいものでね毎日うんうんと申した所で作日からいゝ加減な調子で始めたのさ〉

七月三十日
〈僕唯々として汗をかいて原稿紙へ向ふ。中々苦しい。今度の小説の一部分はあるひは御気に召すかもしれず実は君位が御気に召さないと天下気に召してがなくなるだらうと思ふ〉

八月三日
〈只今新小説の奴を執筆中あつくてかけまへん。　草々の頓首〉
〈今小説をかいて居る　多忙〉

八月五日
〈長い手紙を上げたいが今新小説の小説をかきかけて期限がせまってひまがないから是丈にします〉
八月六日
〈小生千駄木にあつて文を草す。名文がかけぬ位なら文章はやめて仕舞ふなり。此間にあつて学問が出来なければ学問はやめて仕舞ふ考なり〉
八月七日
〈来九月の新小説に小生が芸術観及人生観の一局部を代表したる小説あらはるべく是は是非御読みの上御批評願度候〉
八月十日
〈牛の胃袋の話を二三行かりました。九日迄連日執筆この両三日休養夫から講義を

かく。多忙〉
〈其節の馬の鈴と馬子唄の句は
春風や推然が耳に馬の鈴
馬子唄や白髪も染めでくるゝ春
と致し候〉

八月十二日

〈僕例の如く多忙長い手紙かく余暇なし。かゝないうちはどんな名作が出来るかわからん〉

〈両三日前迄新小説にたのまれた小説をかいて居りました。毎日々々十五六日の間いやになりました。是は小生の芸術観と人生観に一部をあらはしたもの故是非御覧被下度来月の新小説に出て候〉

八月二十八日

〈今度は新小説にかいた。九月一日発行のに題するものあり。是非読んで頂戴。こんな小説は天地開闢以来類のないものです（開闢以来の傑作と誤解してはいけない）〉

八月三十日

〈拝啓新作を明治文壇の最大傑作といふてくれる人はたんとあるまい。普通の小説の読者は第一つまらないと云ふて笑ふだらう。だから新小説に気の毒である。謹んで高評を謝す〉

八月三十一日

〈もう九月になる講義は一頁もかいていない。野間先生が新作を評して明治文壇の最大傑作といふて来ました。最大傑作は恐れ入ります。寧ろ最珍作と申す方が適当と思ひます。実際珍といふ事に於ては珍だらうと思います〉

〈拝啓拙作新作につき御懇篤なる御批判を賜はり至に不堪候在来の小説はいづれも人情的な方面を写すことに骨を折り純美の客観的実在を閉劫する傾向ある故反対のものをかいて見様との考より筆をとり候〉

夏目の懸命の集中力が発揮され、この新作を発表した文芸雑誌九月号は発行当日に於いてその全部が売り切れた。追いかけの注文は全部謝絶された。

早朝訪問の日から新作完成まで戸川が夏目家を訪問したのは三回だけであった。主人公十一回目の最終活躍の後に小祝訪問して主人公と戯れに、洋行指導受けに、出発の挨拶に、この三日間である。訪問を極力控え、夏目の健闘と脱稿を静かに願ったのである。

そして英学書などを通読しながらも同時に、夏目がそれまで発表していた『倫敦消息』『自転車日記』『倫敦搭』『カーライル博物館』を再読してロンドンに関する知識を深めた。

出立準備が整い挨拶に訪れた戸川に対し、夏目は行き成り語り掛けた。

「いやー、間に合って良かった。明三さんが出る前に出たので、安堵の最中ですよ」

「出る前に出た。どういうことでしょうか？」

「明三さんが欧米へ旅立つ前に、新小説のものが出来上がり出版された事です」

「理解出来そうです」

「心情がそうさせたのですよ、自分でも分からない何かが」

たかが一雑誌社の依頼である。催促である。自分を追い込む夏籠りの奮闘は必要でなかったのであるが、何故かそうなった。いままで楽しく気軽に筆を執って来たのが今度は違った。

夏目自身の分析は、自己の欲望、となった。美文への欲望、名文を見せようとする欲望である。欲望を達成するためには緊張が生じる。その緊張のための稽古であった、後々の緊張に対処する訓練であった、と。それは英文学への挑戦と西洋への挑戦、自然観への日本的感性からの挑戦のためであった、とも。

そして、戸川が密かに望んでいる期待への回答である、と。

「明三さん、今度のは多くの方から賛辞を頂戴しているのですよ。褒めてくれるのですよ。明三さん、有難う、明三さんのお蔭ですよ、明三さんの」

「そうですか？　そうですか？　どうしてでしょう。あ、二冊も」

「それと、メモ書きで失礼だが、ロンドンでは是非ここに行けばいいですよ」

「ピ、カ、デ、リ、イ街路、ク、オ、リ、ッ、チ」

「このクオリッチというのは古書店で、ロンドンでも第一に数えられる老舗です。数も多く、様々揃っていて大した店です」

「良い話を聞きました。島崎や馬場たちもあれが欲しい、これが欲しいと頼んでいるのですが、力になります」

「破戒の藤村先生と馬場孤蝶先生」

「そうです」

戸川は勇んで帰った。

戸川の訪問の日のタイミングは良かった。夏目の三女が赤痢入院していたが、それが全快に向かった後であったのだ。夏目にしても心労が少なくなった日であったので戸川への訪問対応は普段通りであり、戸川は気持よく見送られた。

十九　二人の船出

新橋停車場は雨だった。見送りに来た者はほとんどが古画商の小林文七の關係者達であり、車を馳せて来ていた。戸川もこれらの大勢から正々堂々と見送って貰う。所要時間四十五分の快速列車で横浜ステーションに着き、大波止場に着いたのは十時二十分を過ぎていた。十二時出帆のため猶予なく子蒸気船に乗り込み、本船に乗り移る。甲板は人でいっぱいであり、当惑の最中に汽笛が鳴り船は動き出す。横浜の位置が移動しながら小さくなる。そして徐々に遠ざかって行く。日本が遠ざかって行くのである。

戸川は欄干に身を寄せ思いに更けた。

両親の出江戸の事である。乗船した蒸気船が品川沖を出る時の心境を想像した。待っていたのは過酷な長旅と未知の場所である。不安は計り知れなかったであろう。それと西南の役で戦死した義叔父の事である。新橋停車場で行われた警視隊の壮行会で整列し、見送られて横浜停車場まで鮨詰めの遅い汽車に乗り、鮨詰めの蒸気船でこの横浜の港を出た時の心境である。こちらは戦う戦場が待ち受けていた。だが今は違う。不安など一切ない。前途未知の異郷に遊ぶという希望の旅程が待つのみである。波止場を離れるのが嬉しくてたまらない。

交錯する思いに戸惑いながらもときめく。

太平洋を目指す汽船は沖を出る。海水の色が変わり波の形も変化する。風が強くなり船の動きも大きくなる。揺れの軋みが耳に響く。

反対に戸川の心は平静で穏やかになった。空と海とその水平線だけの眺めの中で思索し呟く。小声は二百二十日を控えた荒れ模様の様な船尾へと消える。

~云う者、聴く者、我一人、他に誰がいる、あ、かもめ~

~　夏目先生、今、海の上です。先生の御指導のお蔭でこうやって洋行が実現しています。英学の実践の機会を得た歓びに堪えないところです。先生が勧められた遊民中に案の定、運が回って来ました、学ぶべきこと

は学び、帰朝後には此の分を人の為に生かす覚悟です〜

〜ケーベル先生、英語はお前達の方が流暢に話せるのだ、と云っておられましたね。その通り先生の英語は乱暴でした。でもその乱暴な方が却ってよかったです。何だかいいお話を聞かされたようで、人間の哲学でした。親が子を愛する様に、恋人がその情人に惚れ込むように、只先生の存在に魅せられました。先生に惚れ込んでいました。先生、今、向かっています。先生の心の故郷ドイツへも〜

〜小泉八雲先生、教室に来られて風呂敷包を解き、いろいろな西洋の本を取り出しては私達に読めと云って貸して下さいました。そしてその思想を採れ、と教えられました。英文を書くだけでは真実のものは書けない。思想を会得することが大切だと。先生は日本人以上に日本を愛しておられました。普通の人の気のつかない日本の特徴を見抜かれていまし

た。今、西洋に向かっています。僅かな日々ですが、その地でまた、先生を思い浮かべるでしょう〜

〜ハリス先生、南北戦争の話を少し聞いた事が有りましたが、その米国に向かっています。先生の英文学の授業のことですが、先生の私達への質問が実にふるっていました。何か絵本を持って来られた時、それに美人の姿があったので先生は、恋におちてはいけません、などと云われました。楽しく面白い教室、先生の授業が懐かしいです。今、太平洋の海上です。先生の顔が大きく浮かんでいます〜

〜コックス先生、イーストレーキ先生、少年時代の成立学舎ではじめての英語を習い、今この様な幸せな旅が実現しています。夢に向かって〜

九月十日に横浜を出発した戸川の旅は、太平洋から北米大陸へと向かう。そして北米大陸を横断後、大西洋を東航してからヨーロッパへと向かうのであった。

戸川が横浜を出た後も夏目の新作に対する周りの動向は十月の中旬まで続く。高評に夏目の満足も続く。門下生などとの批判のやりとりでは長文の書簡になる。この新作が持つ感覚美や非人情のことなど多く寄せられる。

だが少数派が評した英国趣味と云われた事には夏目は反発した。

「僕の事を英国趣味だなどと云う者がいる。糞でも食うがいい。苟《いやしく》も天地の間に一個の夏目が夏目として存在する間は、夏目は遂に夏目にして別人とはなれぬ。英国趣味があるなら、夏目が英人に似ているのではない。英人が夏目に似ているのだ。英訳をやるのは少々無理である。英文で立とうと思うならいまから五、六年の丁稚奉公でもしなければならない。それよりも英文を日本に訳す方がいい。尤も何を訳していいかわからない」

それは独自の英国文学の対向意識からそれに先を越す新作を意識したからであった。そして日本的なものでそれを負かすという野心だったのである。

「小説の定義は一定していない。この世間普通にいう小説とは全く反対の意味で書いた。美しい感じが読む人の頭に残るだけでいい。プロットも無ければ、事件の発展も無い。兎に角、汚いこと、不愉快なことは一切避けた。唯、美しい感じを覚えてもらうだけでいいのである。美を生命とする俳句的な、俳句的小説もあっても良いと思う。そういう意味でこの小説は、文学界に新しい境域を拓く。この種の小説は未だ西洋にもないようである。日本には勿論ない。それが日本に出来るとすれば、先ず、小説界に於ける新しい運動が、日本から起こったと云える」

夏目の談話は小説家として個人性と生きる知恵使いの覚悟を述べる。大したことに、この新作を読んだ多数の者の中から数人が夏目にじりじりと躙寄る。

恰も戸川の洋行は、夏目自らの事を思い起こさせていた。留学から帰る時船中で一人心に誓っていたことを、である。

己れの如何に偉大なるかを試す機会がなかった。己れを信頼したことが一度もなかった。行くところまで行く、のたれてもいい、誰もあてにしないで行く。

誓いへの実践が夏目の自らの人生を新しいものへと変えて行く。

第二部

戸川秋骨 最初の単行本
『歐米記遊二万三千哩』
熊本県立図書館 所蔵

一　旅の端から

戸川の外遊は乗船モンゴリア号の座礁から始まった。太平洋中の一孤島、ミッドウェー島を囲む珊瑚礁に衝突したのであった。横浜港を出帆した六日後の夜九時頃である。この島には元々定期船が寄港する事はなく、特別な用務が有る場合のみ一年に一、二回、郵便船が回航するということであった。だが偶々《たまたま》特別に寄港する日に戸川たちは出会《でくわ》したのである。丁度百八十度の回帰線を越えた二重日になろうかとする日曜日の事であった。幸いなことに船は始めから徐行していたので衝突も緩やかで、乗り上げた部分も極めて僅かであった。それでも浅瀬で船も巨大である。動くことは出来なかった。

翌日は船首の座礁している部分には海水が徐々に進入する。船首の方を軽くするために船首の方の積荷を海中に放出する作業が行われる。セメントの包、酒樽、米俵、茶箱など棄てられる。海に浮き上がる荷物も時間が経つにつれて四方に広がって、海上遥か地平線に浮動して行く。その量、三千トンの荷物であった。積荷の半分が海中に消えた。それにもかかわらず船は岩に噛り付いたまま一寸も動かなかった。乗客個人の携帯荷物は丁寧に保存されていた。

午前十時頃になり、乗客は老若男女、そうとうの苦労の末、端艇に乗り移り数回を要して全員が島に上陸する。

島の位置は北緯二十八度十三分十五秒西経百七十七度二十一分三十秒にあり、周囲は約六哩、中央の狭い部分の、さし渡しは一哩ほどである。真白な砂で出来ている。海水の色と相まって美しく戸川は蓬莱の島に来た様に感じた。島の在住者は五十人程いた。その内十二、三人が太平洋中央海底電信会社中央接続地の電信局員とその家族、二十四人が米国政府から派遣されていた守備隊である。その他、職工と料理人であった。建物は電信局、その局員の住居三棟、そして食堂、遊戯室、図書室、洗濯室などが完備された一棟があった。

船客の婦人や婦人同伴者は通信局員等の住居に収容され、数百人の男子は兵士が設置する天幕に入れられる。一天幕に十数人の合宿であった。その内に船客の荷物が運ばれて、島上生活が本格的に始まる。

待遇は最初の日から白人優先であった。寝るべき天幕が決まる順番は白人が先で、枕、毛布等寝道具も優先的に貸し出された。戸川たちは苦労の末、就寝態勢が完了した時は既に九時半を過ぎていたのであった。

朝の挨拶は各国の言葉が賑やかに飛び交る。「おはよう」と云うのは戸川たちであるが、「グーテン、タッハ」や、妙な英語の「モーニング」、ロシア人の妙なフランス語の「ボンジュール」など各人種が片言交じりの外国語を用い合うのである。

用足しは両手で白砂を掘って行う。裸の兵隊などが近くを通るが、双方すまし顔であった。用事がすむと、両足で砂をかける。家の猫が畠でやる行動である。戸川は思い出し、それを学んだのである。猫学の権威者戸川自身も野性化として太平洋の小島で戯れる。このように約一週間の島の天幕生活は、ほとんどが禽獣に等しいものであった。

島の気候は暑い。九月の半ばであるが八月末の陽気であった。日の出る頃には天幕は高温になり、蠅も入って来る。戸川は外に出て海風に吹かれ、海上の風光を眺めながら心地よい陽気に浸った。そういう中で食欲だけが旺盛になる。戸川だけでなく大勢の者がそうであった。朝食が終われば昼食が待ち遠しくなる。食う事の外、やる事がないのである。考えも浮かばない。急ぎの用事を持っている者もいたが諦めざるを得なかったのである。

一日二日と過ごす内に戸川も色々と行動する。海水浴でロビンソンクルーソー擬きになったり、浴場を見付けては淡水温浴に浸かったり等である。食事に心配することも無く「二十世紀のロビンソンは贅沢である」と同僚と語り合ったりもした。

日本人で婦人同伴の者が一人いた。婦人達は島の人々の住居にて便宜を得ていたが、その同伴者も同じであった。戸川は夕食を済ませた後はその住居まで遊びに行くようにもなった。住居地区から天幕に戻る時の気持ちを、山里の隠れ家に帰る如く、と表現した。昨日を送り今日を過ごす島の生活も一週間になる。

九月二十二日の朝、救助船が来る。米国陸軍御用船ビュフォードである。午後から混雑の中で全員は小船で子蒸気に引かれて乗り込む。上陸の時に比べて風が強く、波は非常に高く、小船は木葉を浮かべたように翻弄される。病人あり、幼児あり、本船に乗り移る際に海上に落ちる者も出る有様であった。数時間を要して乗り込みが完了する。ビュフォードはミッドウェー島を発ち、ハワイのホノルルに向かう。

戸川は後に記す。〝私はこの時ほど別離のあわれを感じた事はなかった。横浜の港

島上の天幕生活（熊本県立図書館所蔵『欧米記遊二万三千哩』より）

頭を船が離れる時は何人も別離の憂愁を感じると云う。併し何故か私はそれを感じなかった。米国を去る時も、英仏独等の諸国を去る時もである。しかし、この島を去る時のみは深いあわれの感を催した。抑々《そもそも》この島に一日たりとも生活したのは、世界の人間中の幾百万分の一であろう。私はその幾百万分の一の一人である。不思議な縁である。さらに思えば、再びこの島に来ることは絶対にないだろう。見納めである。特に哀れな別離の感を起した。限りなかった〟と。

初っ端から強烈な体験をした戸川は学ぶべきものも多かった。島の人々は極めて丁寧で親切であった。電信局長を始め局員総出で周旋し、自分たちの食物を割き、住居を譲り、客員に便宜を計ってくれた。島の在住者総てが重要な役割を果たしている事を痛切に知った。上下に隔たりがなく寛容であった。日本も、そして世界の国もそうであろう。新しい気概で戸川の旅はその後順調に運んでいく。気後れするものは何も無かった。妙な自信と共に見知らぬ土地へ突っ込んだのであった。

二　紀行文ことはじめ

戸川が欧米から帰朝したときに夏目家は転居していた。以前の家から程近い西片町の夏目家を探すことは容易であった。家屋の前後に程良い庭園がある二階造りの家である。

「学校が近くになって良かったんじゃないですか」

「暮れですよ、昨年の。引っ越したのは。二十七日です。十二月に入った途端に千駄木の家主が、帰ってから住む、と云うので慌ててこの家に移ったのです。一高に来るという旧友が、ですよ。まあ、留守の間だけ借りる条件ではあったのですが、急な事

で。水道も引いたばかりだったのですよ」と片言、片言でぼやく
「千駄木の家、なかなかの良い家でしたのに。でもここの庭も数種の花樹が豊富で素晴らしいです」

「これだけが少し自慢するものです」

「ところで主人公はどうされました」

「ええ、私の教え子が抱きかかえて連れて来ました。ビックリしたでしょうなー。いっとき甘えが絶えなかったもので」

「夏目先生、本来は野性ですので人間よりも早く周囲に慣れるのが早いです」

「私も野性かも、何処に行っても直ぐ慣れる、いや移動する。松山に引っ越し、熊本では六軒の家に住み、ロンドンでは下宿を五回も移り、東京に帰ってから三度目の家ですよ。ここも入りたくて入った家ではなく、初めから腰掛けの積りで居るので次もあるでしょう。大野性人でしょうか、少年時代もあっち行き、こっち行き」

「逆に考えれば夏目先生の思考の広さは其処から来ていると思います。私も子供の頃は移りが多かったです。今度の洋行も大変得るものが多かったのですが、夏目先生に

はとても及びません」

「だが私が経験していない北米の体験を羨ましく思いますよ」

「いえ、たった五ヶ月弱です。新年をあちらで迎えたことは不思議な感覚だったのですが、先生のロンドン滞在二年が誠に羨ましい限りです」

「明三さん、その五ヶ月間の紀行文などどうでしょう、現地の風景の挿画等入れては。印象が強く頭に残る今です。帰って来た直後にまとめておくのです。出版などは、まあ、勤務先が確実になって落ち着いた後にですが」

「何か、なんだか、複雑多岐な旅で中心とするものがあやふやで。中心はやはりロンドンとは思いますが滞在日数が短くて」

戸川は一通りの行程を短絡的に話した。

「なーに、長い行程と珍しい経験、おもしろそうですよ」

帰朝挨拶も戸川にとって喜ばしいものとなった。夏目が熱心に聴いてくれるだけで満足だったのであるが、付け足し話に心が動く。

西方町の家は千駄木の家に比べて間取りは雑然とした印象の家であったが、夏目の面持ちに変化は無かった。逆に落ち着いた覇気のようなものがあった。

「明三さんが洋行中に、ですね、私の教え子や弟子などに云ったのですよ、木曜日以外は来てはいけないと。その日も三時からと。要するに面会日を週に一日だけと決めたのです」

「はあー」

「いえ、明三さん等の御老中は関係ないのですが」と云って夏目は大笑いした。笑いながら真顔に戻り続けて云う。「毎日毎日上り込む、やから、に云っているのです。如何にか時間が取れるようになっていますよ。集中出来そうです」

玄関先での長話が済んだ。戸川は転居一ヶ月後の書斎を見たかったが通された間で控え、今日の曜日を確認後、ふふふ、と含み笑いをする。

夏目が主人公を従えて来る。

「散らかしていたので迷惑かけましたな。この部屋、娘たちが大遊びするのです。二階への階段が傍にあるので」

「今日も突然ですいません」

「なーに、何も考えずに。娘たちばかりで賑やかで。男の子はこの主人公の一匹だけですが。おとなしく」

「楽しそうですね」

「男の子といえば、今度は妻の様子が違うのです。病人のように具合が悪い日が多いのです。もしや男の子かもしれないと密かに思っていて、期待を…」

「そうでしょう、そうでしょう、夏目先生」

「予定は六月ですが。それと今年は別なのがあって。エライ年、明治四十年」

「き、きょう、教授職のことでしょう」

「明三さん、そんな塵のようなものではない。人生意気に感じるとか何とか云うでしょう、出来得る限りを尽くすのが私の義務です。明三さん聞いて！　そこで謎掛けに迫って来ているのです。決断せよと。愉快な事です」

「はあー？　生まれてこられる長男さんの為にですか」

「そ、それです。それですよ、明三さんは偉い」

「え、えーえ、はい、私も短期の目標設定の決断をします。紀行単行本の完成を目指して」

夏目家を出るときは何時も気持が躍る。西片町の家からでもそうであった。雨の日も曇り日も空模様に関係なく気持だけは上天気になる。戸川の足取りは軽い。

西片町の家から本郷三丁目の停車場は近い。電車で丸善に直行にした。丸善に寄り書籍棚を隅から隅に見る。良く来る店であるが本日は気持が浮く。本の装填だけが目的で興味のない類にも時間を取る。ページは捲らず次から次へ棚から引き出すだけだ。目ぼしいものを手に取っては戻す、その繰り返しである。値段は関係なし、特に新作棚には熱が入る。単独に刊行する書籍造りに夢が広がるのか、幼児の絵本目線の如くである。

時間が経ち、どこかで遊んだ様な満足顔で戸川は出入り口に立つ。脇のオノト万年筆の宣伝用張り紙を熱心に見入る。「もうすぐ売り出しか」呟きながら街路に出た。昼は大分まわった。丸善を出て横丁に入り、小さい片隅にある老舗の蕎麦屋による。食しながらも頭の中は造本であった。体裁は菊判に？　表紙は？　背は？　見返しは？　紙は？　印刷は？　挿絵は？　箱は？　浮き立つ気持で箸が動き蕎麦は一気に無くなる。「もう一つ」と、痩せの体の日頃にないものが飛び出し、早食い蕎麦で勘定となった。胃袋憶えのない満腹で築地の家まで徒歩帰りとした。

その戸川は電車が行き交う大通りを歩きながら考える。ロンドンと東京をどうしても比較するのである。欧米の行程でロンドン滞在は七日間と短かったが、英語や英文学を学んできた脳裏にはゆかしき英国の地であった。はじめての訪問でも何か懐かしささえ感じられたのであった。だから余計に思うのであろうか、東京の西洋化を喜ぶ自分と、江戸の文化と景観存続維持を願う自分の葛藤を、江戸武士の血筋が悩む。

築地の家に帰った戸川は、整理されていない旅行用鞄などを座敷の縁に近い畳上に置き直した。帰ってからまだ四日目、重要な挨拶先は概ね廻ったが事後の整頓は出来ずにいる。先ずは行き先々で書いた手帳を取り出す。日記帳、メモした用紙類、そして購入していた各地の絵葉書や案内小冊子、名所施設や博物館などの入場券などを一箇所にまとめた。米国では一切着用せず、ロンドンで多く着用したフロック・コートやオーバーバー等の衣服類のポケットも再度確かめる。購入した新聞、数冊の雑誌は既に机上だ。重い書籍や依頼された古書などは送品処置で完結している。紀行文を草案するに必用な基本資料は早速に整理された。

戸川は障子を開けて縁に立つ。僅かに残る晩冬の日差しが座敷の半分まで射す。「ロンドンのおてんとうさまはどうだったかな」今日になって回想する余裕が出て来たのだろうか、感慨にふける。「冷えて来た」座敷に入り障子を閉める。

三　「猫の俳味」と夏目からの手紙

四月、戸川は夏目が辞職した明治大学の講師となり、住まいも大久保仲百人町に移す。久々の教壇に立ち、真からの有り難さと喜びで学生を先導して行く。

五月になり三日付けの『東京朝日新聞』に夏目の『入社の辞』が掲載された。戸川は一番に開き所々声を出して読む。

「大学を辞して朝日新聞に這入ったら逢う人が皆驚いた顔をしている。中には何故だと聞くものがある。大決断だと褒めるものがある。余が新聞屋として成功するかせぬかは固《もと》より疑問である。…新聞屋が商売ならば、大学屋も商売である。商売でなければ、教授や博士になりたがる必要はなかろう。月給を上げてもらう必要はなかろう。新聞が商売である如く大学も商売である。新聞が下卑た商売であれば大学も下卑た商売である。只個人として営業しているのと、御上で御営業になるのとの差だけである。…変わり物の余を変わり物に適する様な境遇に置いてくれた朝日新聞の為めに、変り物として出来得る限りを尽すは嬉しき義務である」

読んだ戸川は驚いた。

帝国大学の教授職をも顧みず安全無比の大学生活をやめて、人気に左右されやすい職業人としての作家生活に身を委ねることに、である。外れても教師と作家の両刀を予想していた。だが近くを振り返れば夏目の言葉の端々に覚悟は感じていた。謎掛けの謎も解けた。それが真面な現実になり戸川は新たにときめく。

急かす気持も近々の訪問は控えることにした。「状況が状況である。無闇なことは避けよう。用事を拵えて行くことが肝要である」と考えた。

明治大学での講師としての時間数は多くなかったが、英文学研究に再び時間を割くことが出来る環境と夏目が辞した後任の立場で訪問の為難《しにく》さはなかった。数日経つ内に案の定、その機会が来た。

講義を終え、そのまま西片町の夏目家まで向かう。初めての経路でもあり、気はより引き締まる。

「明三さんと同じ肥後生まれの二人の情熱や意気に動かされました。大阪朝日の鳥居氏と東京朝日の池辺氏に。二人共に主筆で、まあ、凄い事です。伝令か、使者か、連絡係か、交渉係か、チョコチョコ来ていたのが熊本で教えていた坂元君であり、まあ、有り難いことでしたよ」

「私が二歳の時に、池辺さん一家が熊本城下の京町から玉名郡に移住して来られたのです。同じ細川家藩士の関係で両親たちは行き来があったでしょう」

「そういうものも！　で、この夏目が朝日の一員になった。縁とは不思議なものだ、どこかで繋がる。明三さんに対しても気は抜けない」

「夏目先生、勿体無いお言葉です」

戸川は自慢げに話した事でかえって恐縮した。本日訪問の本題に急に話を変えた。

講義中の疑問を解するものである。が、次訪問者で夏目に時間的余裕がなかった。戸川は明治大学に戻る。後日に書簡が届く。

〈拝啓先日は遠路の処久々にて能々御光来被下候処生憎何の風情も無之失礼千万に候其節話しのスチーヴンソンのオットーの批評家の名前御尋ねにあずかり候処久しき以前の事とて頓と思ひ出しかね候多分英国のある雑誌かと記憶致し居候が然し切折角の御問合わせにも関はらず乍残念御確答申上かね候猶本郷辺に御出向の節は御立寄被下度オットーに就ての御考抔拝聴致し度と存候　草々頓首

五月十二日　夏目金之助

戸川明三様〉

謹厳実直で戸川は緊張した。この丁寧な手紙は戸川の尻押しともなる。戸川は百人町の自分の部屋の模様替えを行う。家移りして二ヶ月も経っていないが、田舎景色を最大に利用することにした。欧米の雰囲気とはいかないが、障子を代え眺望を広くする。文机も変える。大きい世界地図を襖に張る。その他、紀行文作成の雰囲気を盛り上げる。

そうするうちに東京朝日新聞から小欄の文章依頼が来る。夏目の紹介があったことを知る。西洋の雑誌抔《など》から時流を追うものや、評論、随筆を含めたものである、との担当者の説明で、洋行して来た戸川にとって願ってもないものであった。と同時に、夏目が文芸に関する欄取りを模索していることを聞かされた。益々、益々、戸川はときめいた。

八月一日から『東京朝日新聞』に戸川の文章『郊外生活』が連載されることになった。模様替えした部屋で大久保仲百人町からのメッセージとして書く。第一回、第二回は郊外での生活そのものを活写した。だが第三回では内容が大きく変化する。猫主人公が活躍した夏目の小説から取り上げた。夏目から早速の書簡が届く。

〈拝啓酷暑の候　愈《いよいよ》御清適奉賀候頃日来御掲載の郊外生活多大の趣味を似て歓迎日々愛読今日は飛んだ所で漱石が引合いに出て大に面目の次第に候が玉稿が急に六

号活字に縮小せるには驚ろき候。夫でひめゆりとか申すつゞきものゝ小説つきの広告が絵入で幅を利かして居るには恐縮しました。新聞屋も余程金がほしいと見え候。郊外生活は可成面白からん事を希望致候　以上

八月六日　　金之助

秋骨様〉

戸川の第三回の表題は「猫の俳味」であった。夏目が以前多く作っていた俳句の意識が、主人公活躍の小説に生かされている部分を探ることにあった。夏目が次の次の三作目小説の紹介時に使った、俳句的小説、と云う言葉が戸川に興味あるものとして伝わっていることに謝辞を述べたのであろう。書簡も砕けて親しみがあり、「猫の俳味」を書いた戸川は胸を撫で下ろした。

〈拝啓先日は郊外生活の件につき一寸申上候処早速返事にて却つて恐縮致候
偖甚だ唐突ながら其郊外生活の儀につき御迷惑ながら伺ひ揚げ候が小生の家主

家賃を上げる事に堪能なる人物にて二十七円を忽ちに三十円と致し今や三十円を三十五円に準備最中にて此方にも御同様立退の準備を取り急ぎ候。そこで斯様な立ち入つた話を致し候も実は貴君御住居の近辺に適当なる立退場も御承知にもたと存じての御願の前置に候とくに御探しを願ふと申す様な横着心にては万々無之、もし御心づきの貸家も有之候はゞ何卒端書にて御一報被下間舗候や御多忙中甚だ失礼を申上候何卒御用捨被下度候

　匆々頓首

九月四日　　夏目金之助

戸川秋骨様

金魚は面白く拝見致候〉

戸川は勇んだ。住まう家を中点として周りから貸家探しを行う。大家と思しき宅にも足を運ぶ。

〈御面倒の御願を致した処早速御返事頂戴難有存候
御地近辺に一二軒は空家有之よしいざとならばまかり出たくと存候。
実は意外に繁殖力多き家族にて大共五人プラス子供五人の大景気故五六間にては
少々間に合ふまじかとそれが心配に候然し家賃頗る廉なるに免じて少々の我慢も致
しかねまじき趨勢いざとなればなにかど御厄介になる事と存候小生も御近辺にて
時々御邪魔でも致す方を望み居候何だか西片町辺りはエラ過ぎる様に相成候
郊外生活は洪水の為め一時御中止のよしもう大分退いた様子故又御始め
にならん事を希望します
先は御礼迄　怱々
九月八日　金之助
秋骨先生〉

夏目が戸川の住む家に来た。大久保百人町は、江戸外の百姓地を武家が下屋敷とし
て広大な庭園などを造っていた地域の南西になる。戸川は、より持て成そうと家先の

横丁入口端で待った。九月の半ばで、どんよりとした曇り空の日の午後、ゆっくりと辺りを見ながら夏目が到着する。戸川は頭を二回下げ、玄関に案内する。

「明三さん、良い所で、大変な造りですね」

「はい、高橋義雄の邸です。間借りをしています。広い部屋二間ほど使用させて頂いていますが、田園風景で気持が和み、学修や研究などに集中出来る様な感じです」

「高橋義雄氏、あの三井の？」

「はいそうです。知り合いの紹介で」

「それはそれは」

夏目は上り込み、型通りに茶一杯をすする。先ずは話題が三つ出る。『東京朝日新聞』連載小説に関した後半部分の事、紀行文の事、そして大学講師の件、であった。それが済み、借家探しの本題に移り、二人は早速行動開始で戸川宅を出発する。

「二、三軒ありますが、そのうちの一軒は広く条件も良いようです。あとは狭く、進めることは出来ませんが」

「明三さん、じゃあ、その大きな方を見せて貰います」

路地からすぐ通りである。

「夏目先生、この辺りは江戸の区域に入っていなかったそうです。ギリギリの所でしょうか」

「だが、今はこんなに上質な地区になって」

「あの陸軍の学校が尾張家の下屋敷だったところです」

「高台で凄い庭園だったらしいな」

「玉円峰と命名された江戸一の高さの山を園内に造ったそうですね」

「明三さんが育ったところが玉名郡、そして玉円峰、朝日の池辺氏も玉名郡、あ、この頃すぐこうなる」

二人は江戸話で歩いた。そしてある場所でピタリと道に吸い付いた様に草履足が止まる。

「先生、夏目先生、ここです、この家です」

夏目は真剣な眼差しで見る。

「明三さん、こんな立派な家がそんなに安く借りられる筈はないよ」

全然問題にしないような口振りながらも周囲も望む。戸川も真直ぐに立ったままである。小雨が降り出した。

「明三さん、私には勿体無いような家です。考えておきましょう」

二人は用意していた傘を開き、申し合わせたようにその場から歩き出した。

この貸家探しで戸川の努力は実を結ばなかったが、夏目との人間関係を深めたことは確かであろう。

〈拝啓先日はわざわざ御光来被下ました処何の風情もなくまことに失礼致しました。偖（さて）大谷君から直接に御照会になつたそうですが例の真宗大学授業の件ですが実は小生も推挙して置いた処昨日大谷君から手紙で当局者の戸川君は…万一目下の御事情該校出稼ご希望なればだまって其儘にして置いては却つて御不便宜かと存じ入らぬ事ながら一寸伺います。尤も直接に大谷さんの方へ御返事をなさつてもよろしう御座います。先は用事まで　怱々
九月十四日　金之助

夏目の気遣いで、戸川は二つ目の大学講師の職を得た。夏目は九月末から門下生と探した早稲田南町の家に住むことになる。

四　挿画に負けず

米国を真ん中に、左端に日本、右端に欧州を配置した地図が文机の横にある襖に張られている。襖は二間を仕切るものであるが、丁度いい飾り立具である。築地の時の部屋以上に畳の上は英語版の資料等が散らかっている。手帳や日記帳は日毎記録順に机上に置かれている。絵葉書は購入順に机の左下に並べてある。机の傍は以前より整頓され、文章が着々と出来る。

序文、は夏目に云われた後に直ぐ書いていた。帳面に殴り書きではあったがまた、見直した。

(これを空間にすれば二万幾千哩、西遊記でもありそうな恐ろしい数になるが、これを時間にすれば、僅々五ヶ月弱、これが余の旅行であるが、これほどの長距離をこれほどの短時日で歩いたのであるから、飛脚同様で、何も西洋の事の分かる筈はない。只僅かに旅中の見聞を心覚えまでに…それで出来上がったのが此一巻であるが…併しながら只一つ言ひ得る事がある。それは如何に本文が拙劣でも、旅行が短時期でも、この内に書てある事は一々事實である、實際である。凡て親から見聞きした事のみで、少しも嘘偽りのない事である…)

次に厚手の帳面八冊を見返す。表紙に筆で大きく題目が書かれている。太平洋三十日記、北米大陸横断の記、大西洋東航日記、欧羅巴飛脚紀行、大西洋西航日記、北米大陸逆行の記、太平洋歸航日記、そして殘肴である。帳面の中は日時がびっしり書かれている。日時の下には天気、時々の温度、食事の内容、通訳記録など、手帳から写したものが整頓されてきれいに書かれている。この中から記憶と共に原稿用紙に清書して行く。旅立ちから丁度一年目の同じ秋である。

季節の匂いで脳も敏感に思い出し働く。感覚が蘇る。終えた原稿用紙の枚数は順調に重なる。

大学出講も良い具合にあるので気持ちの切り変えとなる。『東京朝日新聞』投稿は頭の切り変えになる。

西片町から早稲田南町へ移った夏目家は、戸川が住む大久保からは非常に近くになった。その夏目の家に始めて出向いた戸川は、文芸に関する時評の改作文を携えていた。

「明三さんにお手数掛けましたが、何かの因果だったんでしょうか、私が生まれた所から目と鼻の先で生活することになりました。すまないの一言です」

「いいえ、夏目先生が近くになり喜んでいます」

「それは、それは。と、朝日の分は?」

「輪郭の文学、でお願いします」

「じゃあ、モデル問題、の題ではなく、そのまま、輪郭の文学、でいいですね? 匿名も、園一、でなく、そのまま秋骨で?」

「はい、先生の助言通りにします」

夏目漱石『吾輩ハ猫デアル』上編
（明治三十八年十月六日　服部書店・大倉書店）
挿画　中村 不折
熊本県立図書館所蔵

甲板上の舞踏會

戸川秋骨『歐米記遊２万３千哩』
（明治四十一年三月十五日　服部書店・大倉書店）
挿画　「甲板上の舞踏会」中村 不折
熊本県立図書館所蔵

戸川は改作文を夏目に託す。

「紀行記は進んでいますか？」

「七、八割でしょうか」

「出版社は名が有るところを勧めしますよ。系列会社に洋紙店を持って紙にも実績がある出版社などもいいでしょうね」

「夏目先生、私はそのような水準にはなく、下手なものです」

「なーに、心配しないで、私が出した位ですよ明三さん、挿画が読者を引き付けますよ」

「エ、挿画で！」

「冗談、冗談です。だが挿画も重要なものですよ、特に紀行物は。臨場感を出すために」

「どのような画家のがいいのでしょうか？」

「私が猫主人公の活躍の単行本で頼んだ、中村不折氏の画などどうでしょう」

話はとんとん拍子で進み、紀行物の出版は夏目の最初の単行本と概ね同じグループが担当することになった。服部書店と大倉書店の共同出版、挿画は中村不折などである。当然に戸川は気負い立つ。序文の、はしがき、に文章を追加する。

（それから挿画表装には諸大家を煩はしたので、それは頗る立派に出来た。一寸五目鮨のやうなものが出来上がった。鮨といへば無論米が精良でなければならぬ。これ即ち上白の上にすし米のある所以であるが、當然米であるべき余の本文が甚だ拙劣では、折角の畫も甚だ引き立たぬので、諸大家に對しては實に汗顔の次第である。）

確かにこの洋行は、飛脚の如く飛び回った。目の前に現れ登場する面々や風物が消化不良のまま通り過ぎ去り、一日たりとも同質ではなかった。だが特異な事象はことごとく手帳に記入していたので、記憶を楽しみながらの作文書きは速かった。戸川が力を入れたかった場面は通訳の部分であった。これは当然のことで、通訳人として旅に参加した者の義務であったろうか。只そこに書かれたものはしつこく無く、サラリとして明るい。

（けふ可笑しな事があった。乗客の内に西班牙人らしい夫婦ものが居て、余が怪しい佛語の片言をやる處から自然知り合になり先方から「お早う」といふ。此方からも「大變早いですナ」といふ様な挨拶を常に換して居った。處で此の島の役人が紀念のために吾々乗客の署名を求めるので此夫婦にもそれを請求した。然るに英語が全然解からぬので二人は余に通訳を求めた。余の鼻は此の時其高サ寸餘を加へたのである。夫婦の言う處は幸に容易く解かった。それ迄は至極うまく行ったが、それを役人に通訳して「モオ昨日書いたのであるが又書くのか」とウッカリ日本語でやつた。聞いた當人は素よりあたりに居た連中がどつと一時に吹き出した。余は大いに狼狽した。赤面して苦笑しながら英語になほして事はすんだが、其時の様子は頗る滑稽であった。これも人種混交の際に起る一興として、ゆるして貰はなければならぬが、併し折角の鼻はために折られて仕舞った。)

この日附けの題は、失策の通訳、とした。失策には当たらないものであるが、戸川の英会話に対する自信と余裕からだろう。しかし教育者としての一面からも記す。

(日本学校では読む事ばかり教えるに、君はどうして功手に英語を話すかと言われたが、余にこういう賛辞を耳にして得意になると共に、一種の心細い感じを起こしたのである。これは危険なる得意である。）

紀行記は造本に動き出す。

五　文芸山脈の口

不忍池の周りを散策しながら精養軒の玄関前に来た。御客迎えの最前列で右手を上げる体制で声を放つ一人がいた。戸川は瞬きをしながら右手を上げる動作を真似ながら近づいた。

「やあ、上田君、池のここに来れば心が和むよ。おめでとう今度の洋行、僕が先に行ったが、君の恩はうれしかったよ」

「壮行会参加、ありがとう。やっと時間が取れるようになって番が来たということだよ。さあ、会場へ、夏目先生らも既にお見えになっているよ」

「楽しみだ、それは」

戸川は給仕に帽子と外套を渡して、広い階子段の横を、廊下の方へ折れた。会場前のロビーは多くの人が開宴時間待ちで雑談していた。戸川もその中へ入った。

上田敏の洋行出発壮行会が上野精養軒で行われたのである。十一月二十七日から出発ということで二日前の二十五日に行われた。戸川の時と同じ小林文七の通訳としての随行である。出席者は一高や帝大の関係者が多くを締めていた。会食時の団欒や話題交換も充分であり外遊の経験が戸川に余裕を持たせた。夏目との会話の時間も僅かながら取れた。

「装幀、挿画、うまい具合にいきそうですよ、程良い返事を貰っています」

「ハイ、進んでいます」

「朝日の小欄の件、押していますよ、宜しく、宜しく」

「ハイ、次も、です」

二人の秘密の様な短い会話の一言二言は戸川にして貴く、西洋料理に劣らないメニューであった。

精養軒でのひと時を終えた後、戸川は一気に製本担当者との具体的な打ち合わせに入る予定にした。

『文學界』や『帝国文学』などの雑誌造りに携わったこともあったが、個人の単行本造りは違う。期待と喜びと、そして不安が交じりあう度合いが強い。

体裁を上等にすれば金が掛かり、下げれば人目に付かぬ。枚数を多くすれば無能が知れ、薄くすれば中身なし。ここは任せることも肝要か。

彼是と明治四十年も押し迫る。

『東京朝日新聞』での初めての連載小説も終了した夏目は次の小説の依頼を受ける。夏目自身小説を執筆しながらも学芸面における編集者的な立場に立つことを意識していた。朝日の社員として自己の責任と文芸欄成立との相対を考えての思いである。知人の原稿を朝日に斡旋して文芸欄に載せることが夏目のひそかな希望でもあった。人生の深い意味を文章に託すのである。

そして夏目にとって教師としてではなく、職業人としての作家として社員として初めての新年を迎える。元旦では多くの門下生が訪れる。謡って賑わし接待する。豊かな奉仕というべき夏目の変化に心を打たれ、周りは増々傾斜していく。
これも文芸欄成立を目指す夏目の気持なのであろうか、二月の朔日に『東京朝日新聞』に戸川が載せた小欄の原稿料を自ら渡すために戸川を訪ねる。だが戸川は留守であった。戸川は一月から東京高等師範学校の講師を兼任していて学校へ登校していた。夏目は早稲田南町の自宅に戻り、その日のうちに手紙を書く。

〈拝啓本日は久々にて参上致し候処御留守にて不本意千万に存候玉稿薄謝ながら社より封の儘相届候につき御査収願上候
夫から例の朝日文芸欄につき玄耳氏と篤と相談致たる処此三四月に至り紙面拡張の意見実行出来れば附録ごとに文学もの入要なれどそれまでは閑文字の所なき由に候
小生も右文学欄の出来るのを待ち候へども是は単に編輯者の一存故主権者の方ではどうなるやら分らず候
もし左様の改革も実行出来候暁には先日御話しの通小生知人に依頼面白きもの書いて頂き度と存じ居候其節は是非御尽力相願度と存候

先づ夫迄は小生は先日申上候位のナマニエの体で打過ぎる了簡故大兄も御投稿は
一先づ御控え被下度候
先は右用迄　怱々
二月一日　　金之助
秋骨老兄
〉

夏目の意欲が伝わる書簡であるが、戸川にぶち上げたのは戸川が池辺三山と鳥居素川と同じ熊本生まれの訳合いだろうか。

六　造本へ

三日は寒空であった。戸川は大学の講義はなく、服部書店からのお呼びで車を使った。下ろし立ての下駄で緒が堅く、足袋も履き慣れぬ厚手のものである。冷えぬ対策は大袈裟過ぎたようだが、気持ちも過ぎるぐらい引き締まる。車は乗る時から幌覆いである。袋のようになり風の抵抗で車夫は少し苦労する。東電の須田町停車場までのつもりが、贅沢な車乗でそのまま実家先にある服部書店まで走らせた。足元具合と天気を考え、ひざ掛け毛布に甘えた。通りは肩を丸めて歩く姿が多い。

築地二丁目に来て車夫に声を掛ける。「三十番地になるよ」、「がてんです」、服部書店の前に来る。車夫が梶棒を下げる。戸川は車の座席を離れ下駄の軋みと地面に立つ。「お疲れ」と云いながら勘定を終える。車夫は冷たい空気を吸い込みながらの遠距離で息が荒い。ロンドンの馬車を思い浮かべる。人間と馬、戸川は勘定に幾分上乗せした。

服部書店の事務所前廊下に来る。編集者の服部国太郎の所へ案内される。

「やあー、戸川さん、中身は刷るまでになっていますが、今日は表紙について考えましょう。書名は如何に？」

「そのまま、欧米を周る、と考えているのですが」

「戸川さん、それでは弱いです。どれ位の距離だったのですか」

「計算しましたら二万二千か三千哩位でしたが」

「長い方にしましょう。二万三千哩に」

「はあー、では、欧米を周る二万三千哩、ではどうでしょうか」

「周るは普通語です。これもウケませんよ」

「じゃー、記遊、に、欧米記遊二万三千哩、は」

「いいでしょう、大きく感じて」

簡単に決定した。世間話を切り出す前に。熱茶が出され一口啜る戸川は湯呑茶碗を握りしめた。

「図案はどうしましょう」の発音にその湯呑茶碗を素早くテーブルに置く。

「そこまで、まだ、考えていないのですが」

「いえ、戸川さん、あの夏目氏が云うには、本は美しくなければならない、装幀が非常に重要であると。綺麗な本は楽しく心地よいと」

「はい、聞いています。でも図は難しいですね。旅、旅、旅、船旅、海、波」

湯呑茶碗を握り口に近づけた。茶柱が立ったままで、それを覗き、少し振る。湯茶が左に回る。

「渦、服部さん、これで行きます。大小の船から眺めた海の波で！」

「じゃー、神社の巴紋、御存じでしょう、あれにしたら、水が渦巻く」

「武神を祀る神社の神紋だったですね」

「そうですよ、戸川さん、京都の八坂神社、八幡社などが用いている」

「武士の神」と、声を上げながら幼少の頃を思った。高瀬の八幡様のお参りを。生まれて初めて参拝した覚えのある神社である。それと、またまた武士を意識した。

「渦の数は、一つ、二つ、三つ、左三つ、巴で、左三つ巴ですよ、これでいきましょう、袴の紋にも用いてあるでしょう戸川さん」

戸川が羽織の袖を抱えた。

「今日は紋付ではない」と恍ける。図案も決まる。外題は描き文字に。

「色、紙は二、三日考えるとして、挿画は二十枚、もう頼んでいます。原稿を読ませて貰っていましたので、早く手は打っています。本文の校正は予定で三回程です」

「挿画も夏目氏の御提案だったのですよ」

「世話好きなことですね。その夏目さん紹介の画家さんと、大倉さん頼みの画家さん、私のところの全部で六名の画が入ります。一面独立の画が」

「思っていた以上です」

挿画も現実に挿入されることを確認した戸川は心躍った。そして画の内容に注文を付ける余地のないような豪華な画家の名まえに圧倒された。

「印刷は秀英舎になりますが」

「秀英舎は自社製造の活字を使用しているそうですね」

「そうです。戸川さんの実家に近い、築地活版所が最初に考案した明朝体活字が主流だったのですが、秀英舎は築地体活字の線をやや細めにして、柔らかい女性的な字体にしたのです。二十二年頃からで、今、二回目の改良の活字です。銀座の四丁目にあります。官報などの硬いもの以外、例えば文学のようなものは多くが秀英舎に移っています。戸川さんのものは、その秀英舎の第一工場で刷る予定です」

「第一工場」

「市ヶ谷の加賀町一丁目ですが」

「それなら、私が今住んでいる所からは近いですよ」

「そうでしたね、じゃあ、校正も製本も、遣り取りが楽に出来ます」

戸川が服部書店を出る。下駄の緒に足袋の二又を強く押し込む。左右両方である。そして前進する姿は背筋が伸びた小幅歩き。見送る服部は「後は工場で会いましょうー、風邪を引かないようにー」と声を発し雪が舞い出した空を見上げる。「冬は洋服と靴だろう、欧米の事を書く俺だ」と独り言で反省しながら、直ぐ先にある築地一丁目の実家に向かう。

七　印刷所にて

陸軍士官学校の北門傍ら敷地に、黒瓦で板壁平屋造りの長い建物の印刷作業所がある。作業所は高い天井空間を持ち、その所内は数台の印刷機械が醸し出す特有の音が和音のように重なり響いている。市ヶ谷加賀町の秀英舎第一工場である。数多い所員が組になり、幾種の技術で励む。

その一角で校正が完了した本文が印刷されて次々と出て来る。それを離れた場所から見学する戸川がいる。始めて造る単行本の印刷初日ということで来所しているのだ。

文学雑誌などに係わっていた時には無かった行動である。大学通勤途中に立ち寄ることが可能な場所ということもあり、楽しみは大いに膨らんでいる。監視役の作業所長に明瞭に聞こえる高い声で話しかけた。

「所長ー、校正は手を取らせましたなー、約二週間、お世話様でした！」

「作家様ー、いつものことですよー、楽な方でしたー」

作家様になった戸川は好い気分である。

印刷された紙は乾燥のため数十枚毎に木枠の中に収められ、その木枠が三十数段重ねられている。同じものが二列に並んでいて、乾燥されたものは細断機の前に置かれている。通路空間の横は製本組で、広い厚手の台上で細断された紙が揃えられている。

紙揃えの音がドン、ドン、と響く。所長が説明に、より近づく。

「今揃えているものを頁順に合わせるときに挿画を挟んで揃え直すのです。最後に表紙、背、裏表紙を取り付けます」

「挿画の印刷はまだのようですが」

「挿画は別の機械で印刷するのです。挿画も凄い数になりますよ、まだまだ後の作業になります」

「印刷の方法が分かりませんが？」

「まず画家さんが描いた画を写真にして、その写真を手採色で画と同じ色にします。それから製版印刷です」

「製版印刷…」

「専門的になりますが、コロタイプ印刷といってゼラチンと重クロム酸カリを混ぜた感光液をガラス板上に塗布した感光板とするのです」

「そうですか…？」

　大きく頷いたが、戸川は珍粉漢粉であった。

「一面独立の画が一冊に二十枚入るのは相当なものですよ。作家様は凄い人なのでしょうね。大変な本になります」

　所長の褒め言葉に今度は肩に力が入る。褒め言葉は挨拶か、それとも本心か、単行本造りに疎い戸川は諮りかねた。だが閃く。「褒めているのは挿画のことだ」気に掛けることを一笑し払い除けた。そして夏目が云っていたことが再三頭を過る。「自分が満足するものを、自分が理想とするものを造る。売れなくてもいい、美しい綺麗なものが愉快である」の言葉である。

午前の僅かな時間であったが、作業が進む現場の中に立った。働く多くの所員が頼もしい味方に見えて来る。「何せ、我が本を造っているのだ」戸川の高揚感だろう。作業所が休憩時間になり、所員は井戸や水道施設に並ぶ。手に付着したインクを落とすために、石鹸を染みこませた束子でゴシゴシと落とす者、紙粉だけの汚れをサラリと流す者、長短あるが昼飯前の行動である。戸川も作業所を出て明治大学に向かう。到着まで耳に印刷機械の残響である。

明治大学で英文学を講じ終えた戸川は再び秀英舎第一工場に寄る。発行者となる服部国太郎と会う。

「大まかだった表紙の紙や表題の装飾、角背と丸背など装幀を大倉さんと話し合って来たところです」

書面化された条件を見ながらの最終的な話し合いである。戸川は淡々と楽しく取り決めた。

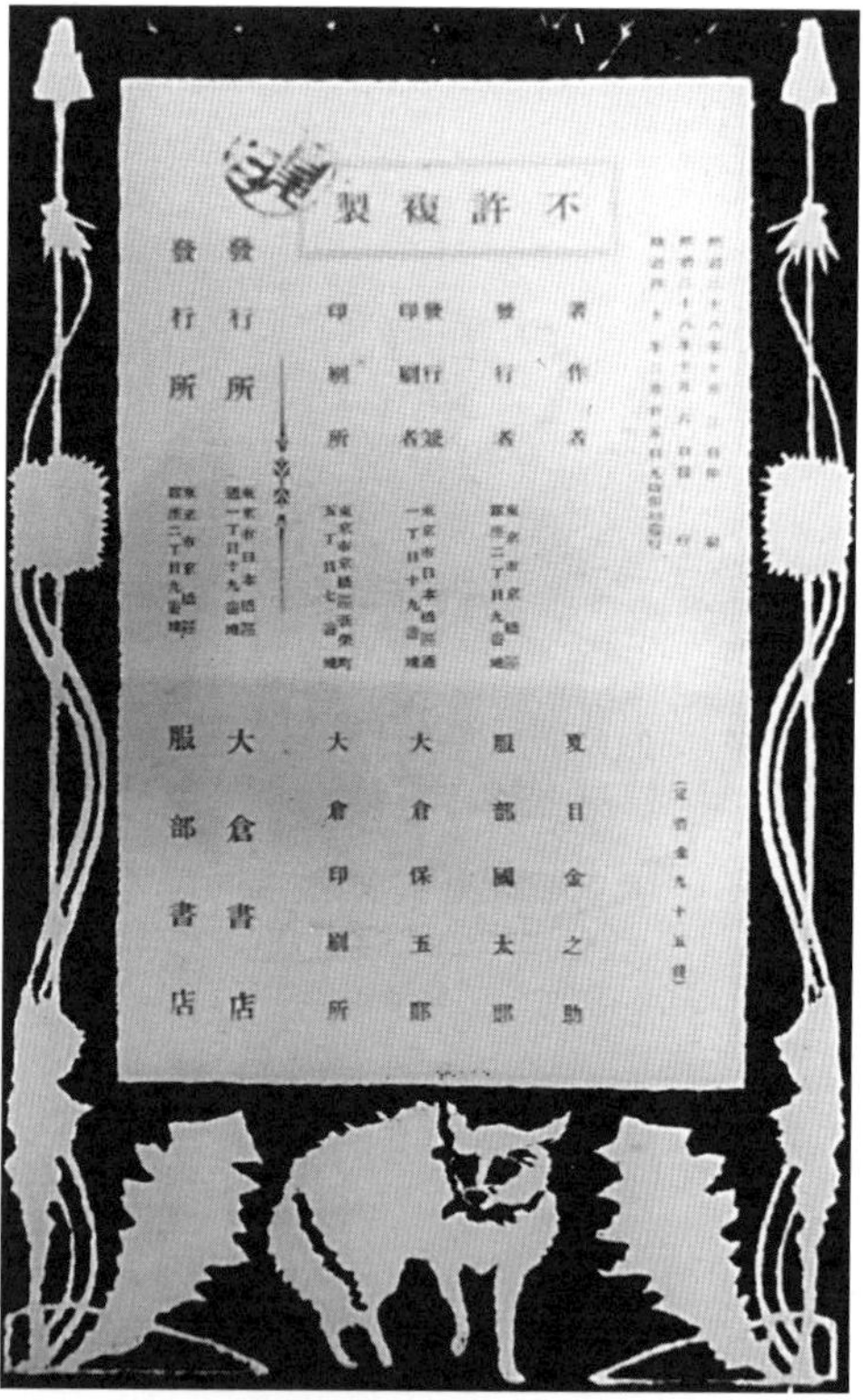

夏目漱石『吾輩ハ猫デアル』上編　奥付
熊本県立図書館所蔵

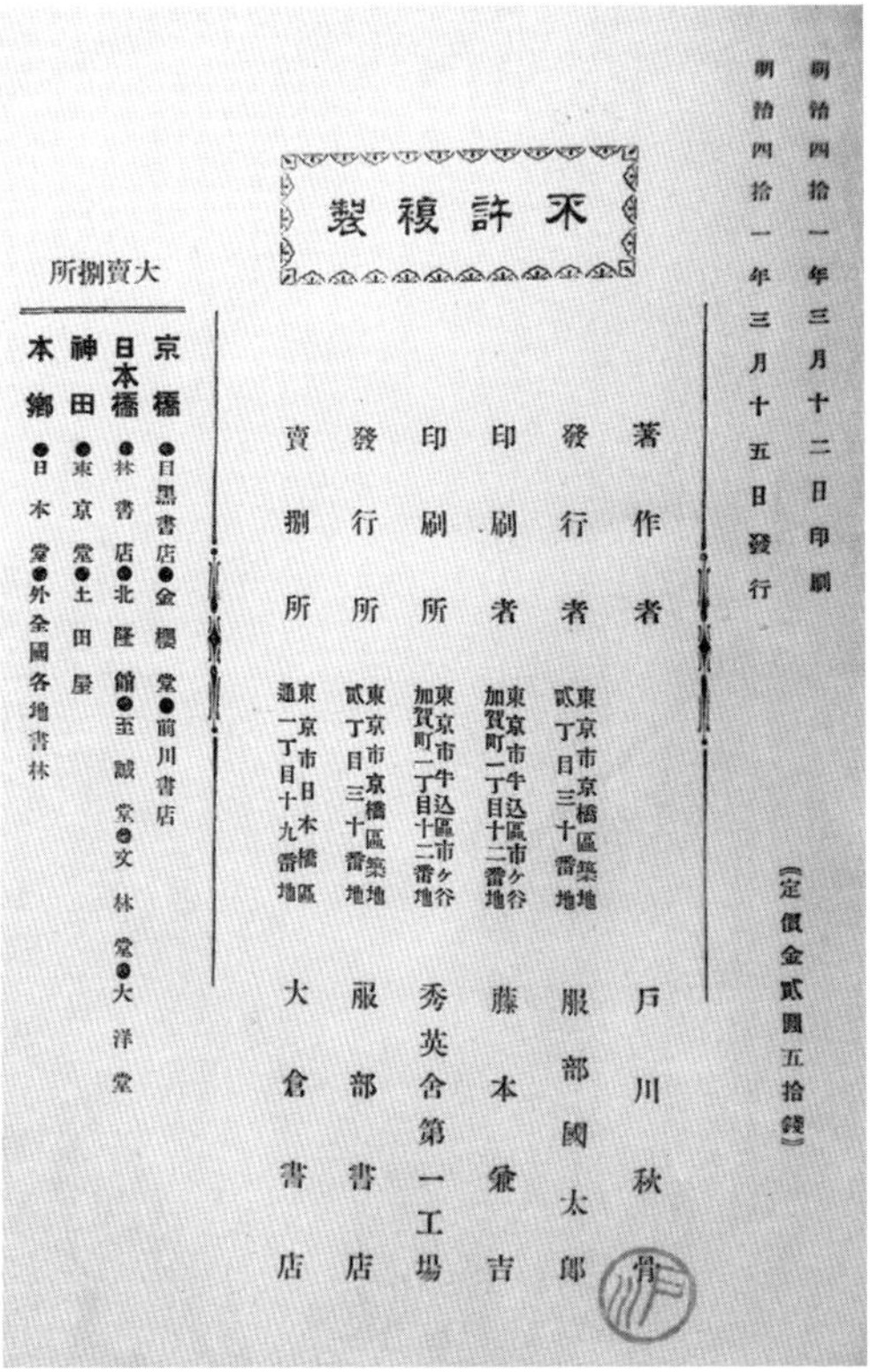

明治四拾一年三月十二日印刷
明治四拾一年三月十五日發行

〔定價金貳圓五拾錢〕

不許複製

著作者　戸川秋骨
發行者　東京市京橋區築地貳丁目三十番地　服部國太郎
印刷者　東京市牛込區市ヶ谷加賀町一丁目十二番地　藤本兼吉
印刷所　東京市牛込區市ヶ谷加賀町一丁目十二番地　秀英舍第一工場
發行所　東京市京橋區築地貳丁目三十番地　服部書店
賣捌所　東京市日本橋區通一丁目十九番地　大倉書店

大賣捌所
京橋　●目黒書店●金櫻堂●前川書店
日本橋　●林書店●北隆館●玉誠堂●文林堂●大洋堂
神田　●東京堂●上田屋
本郷　●日本堂●外全國各地書林

戸川秋骨『歐米記遊二万三千哩』奥付
熊本県立図書館所蔵

戸川は学ぶ。次のことを。

一枚の紙はそよそよと吹く風にも飛ばされ軽い。だが二枚、三枚と重なれば重なる程に重さが出る。何十枚、何百枚になれば転がる石よりも重くなる。何千枚、何万枚になれば庭の石にも勝って来る。印刷作業所は大労働作業所である。

一つの活字が紙に描く、次の活字が二つ目の字を描く、その次の活字が三つ目の字を書く、十番目の活字が、百番目の活字が、千番目の活字が、一万番目の活字が、そして意となり思となる。印刷作業所は意志の立つ場所である。

文字と画と知と芸が集い競い形付ける。印刷作業所は芸術誕生の母堂である。

後日、待つ身に連絡が来る。

旅行の記録は本になった。日付は明治四十一年三月十二日印刷、明治四十一年三月十五日発行、表題は『欧米記遊二万三千哩』、定価は二円五十銭であった。

八　豊かな人生への疎通

夏目は創作を続けて行く。その間、戸川が単行本を出した丁度一年後の明治四十二年三月十六日に『文学評論』という単行本を出版する。戸川はその評論を『東京二六新聞』に六回に分けて連載する。

夏目氏の文学評論は途方もない面白い本である。途方もないといふのは其取扱つて居る題目が、尤も平凡なる英吉利の十八世紀文学とあるに拘らず、其扱ひ方が非常に面白く、題目とが甚だしく相違して居るから言ふのである。或る意味から言へば其面白み「猫」と匹敵すると言つても良いかも知れぬ、…引用の英語に対する翻訳がみな巧みに出来て居る。著者が手を下して訳されたのであろうが見事なものである。…要するに此書は面白い事限りなく為になる事また限《きり》ない。凡そ文学の学生は是非一本を購ふて損はないと思ふ。余は徹頭徹尾此本の賞讃者である。

夏目は戸川が『文学評論』に関心を持ってくれたことを喜んだ。弟子などに手紙。

〈秋骨先生僕の文学評論の評を二六へかいてくれた由二六はとつてゐず。御面倒ながら君の所にあるのを切抜いてくれ玉はぬか　以上。〉

〈大塚の文学評論は局部々々に小生の妙に思ふ所有之。然し大塚の様な無精ものが書いてくれた事故大いに感謝の意を表し居候。秋骨は二六に書いてくれ候。〉

夏目が書いた英国文学に対する諸々の事項に大いに同調した戸川だった。これは戸川にとって実を結ぶ。

旧友の誘いで九月の初旬から一ヶ月間満州と朝鮮を旅行した夏目はその後、希望していた「朝日文芸欄」開設にともない、それを主宰する運びとなる。夏目は周辺の門下生、知人、そして文化人ら多くに寄稿を委嘱するが、戸川には海外文学に通じ、アカデミックな学知を背景とした批評者の一人として寄稿を求める。

戸川はその論壇で存在感を発揮して行く。七月に東京高等師範学校を退職、九月には早稲田大学の講師となり教壇には立ち続ける。

『虞美人草』『抗夫』『三四郎』『それから』と連載されていった『東京朝日新聞』の夏目が書く新聞小説は明治四十三年三月一日から『門』が連載される。その最中の五月末、戸川のところに雑誌記者が来る。夏目の作品などに対する取材であった。「著名な方々に伺っています。森鷗外さんや馬場狐蝶さんなどです」と云う記者に戸川は「なぜ私に?」と聞く。記者は「戸川さんは、漱石さんの隠れた秘密兵器ですので」と冗談のようなことを云う。だが森鷗外や同級の馬場などの名前に釣られて、質問を受けることになる。

「これまでの夏目氏をどのように思われます?」

「私は夏目党です。昔から先生の技量に服しています。先生が帝国大学に在学されていた時に論じられて哲学雑誌に発表された、英国詩人の天地山川に対する観念、で先生の文を知り、大変偉い人だと思いました。そして、倫敦通信、などで創作的な才能も凄いと感じました。猫、を発表されるまでそれが隠れていたのでしょう。まだまだ早く、世に出てこられてもよかった人ですよ」

「夏目氏は社交上に於いてはどうでしょう?」

「最初に会った時は送別会の席上でのことでしたが、相知らぬ間なので、全く口を利かれないのです。一緒に並んでいたのですが大いに困ったものでした。近づき難い人だと思いましたよ。初めはそう感じる人なのでしょうか？　でも今は全く違います」

「門下生などにはどうでしょうかね？」

「信頼が厚く自然に集まるそうです。特別な保護をするとかではなく、来る者は拒まないが、その人達だけを指導することはないそうです」

「創作家としての技量はどのようなものでしょう？」

「作家として一作ごとに一歩一歩上達されている。最近の、門、などは余程進んだものです」

「夏目氏の作品を通して見た場合の人生観は？」

「朝日新聞入社前に書かれた作品の中に、私にとって印象深い作品があります」

「その作品で夏目氏の人生観が見えるのでしょうか？」

「その作品にある非人情と云う考えが、漠然ながら夏目先生の態度だと思うのです。冷静に世の中を観て行く、つまり、楽天とか厭世とか云うことは少しも分かりませんが、世相を冷ややかに見て行くと云うところがあります。その意味で夏目先生は自然主義であると思います」

「自然主義？」

「自然主義と云っては悪いかもしれませんが、道徳を離れた、道徳に反抗するとか、道徳を破戒するとかではなく、それは単なる反動で自然主義の全部ではないのです。その両面を冷ややかに見るのが即ち自然主義です。夏目先生が多少道徳的に傾いているのは事実でしょうが、冷静にありのままを観ようとするのは、即ち夏目先生の真実なる態度であると思います」

「新小説に発表された作品ですね。ところで夏目氏に長所と欠点はありますか？」

「それは私には分かりません。強いて云えば、理智なので情熱が隠れる場合があるところ、反対に世の中の事実や世相を明晰に現わすところです」

記者は『新潮』に掲載予定を伝えて帰った。

新聞小説を書きながら文芸欄を統括する、夏目は思い描いた理想に近い生活ではあった。だが翌年明治四十三年の途中から持病との戦いが増して来る。早くからあった精神的なものとそれに随伴する糖尿病、二十歳の書生時代から腹膜炎の病歴が示されていた消化器系統の悪化である。六月初旬の胃腸病院診察から入院となり療養の生活に入る。戸川に宛てた長い手紙曰く。

〈拝啓お手紙難有拝見致候其後とうとう思ひ切つて入院致し最初の一週位は転地の如く呑気に消光致し候出血とまりて二週間目より蒟蒻で腹をやくんだと云つて火の様な奴を乗せられるので一驚を喫し申候。のみならず一日にて腹が火ぶくれに相成り見るも浅間しく恐縮の体に候。昨今病気よりも此方が苦痛に候。

新潮は作日宅より届き一見致候夏目漱石論杯《など》と大きな活字が目につくと、今迄世の中と無関係に暮らしたものが急に娑婆気づき何だか又人間に立ち帰る様な情けなき心持に候。第一の印象はよくも漱石の為に…

大兄は冒頭より漱石党名乗つて出でられ候御厚意奮発に対して小生とくに他の諸君以上に御礼を申さねばならぬ義務有之候。然る処御批判のなかに漱石は付合ひにくひ男と有之。是も貴意を諒し候へども甚だ心細く候。小生から申せば大兄は小生に対しあまりに慇懃過ぎて付合にくゝ候。是を両方で撤回してもつと無遠慮になつたらもつと御互が楽になるだらうと存候。小生は御評を拝見せぬ前より常にさう考へ居候処あれを見て愈思ひ当り候様な心持に候。私はいつでも無遠慮になれる男に候。大兄はみんなから淡泊な人と評されて居らるゝ紳士に候。御相談の上是から交際法を変化して見たらどうだらうかと存候。貴意如何。と申したからと云つて別に御返事を予期する訳にも無之。まづ病中いたづらと御聞流し可被下候　草々頓首

七月三日　金之助

秋骨先生

〉

前半は入院の知らせ、後半部分は戸川が記者の質問に答えたもの、森鷗外など八人の座談会という形で『新潮』七月付に掲載された「夏目漱石論」での戸川発言に対するものであるが、治療の苦痛を明るく、戸川の関係も温かく、夏目の巧みな捌きに戸川も安堵する。夏目を見舞に訪れた戸川の顔は普段通りだった。

「明三さん、起きてすぐ日比谷公園を散歩したのですよ、今日は午飯を食べて五時間

後に消化試験ということで、それを待っているところです」

「夏目先生、英文科卒の後輩がお見舞いをしたいと云いますので一緒に来ました」

「先生のお元気なお姿を拝見して安心致しました。田部隆次です。三十二年の卒業です」

「それは、それは。三十二年といえば私は熊本にいましたよ」

「ハーン先生とは御一緒されたことはあったのですか？」

「私は、ハーン先生とはいつも擦れ違いで一緒に勤務したことが無いのですよ。五高でも、文科大学でも。一、二年どちらかが長く居たならば同籍したでしょうが」

「ハーン先生から教えを受けた者としてその話は残念です」

「亡くなられて何年になりますかねー、ハーン先生が書かれたものは大切にしなければなりませんよ。どうです、皆さんで翻訳など、ハーン先生は喜ばれると思いますよ」

「有り難い事です」

「ところで戸川さんとは何処で？」

「戸川先生が早稲田大学に出講されていますが、私が早稲田、いや東京専門学校の出ですので、何かと会っていまして…」

「明三さん、入院中でも文芸欄に係わっていけるのが楽しみの一つですよ、門弟達が良くやっていますから」

夏目は七月三十一日の退院までに論評五点を『東京朝日新聞』の文芸欄に発表する。退院後は早々に見舞いに訪れた人々に礼状を出す。戸川の所にも端書が来る。

〈病中は御暑い所をわざわざ御見舞難有存候漸く軽快退院、田部君にはどうか大兄よりよろしく願上候。不取敢御礼と御報をかねて右申上候〉

見舞い同行した田部隆次は、戸川にとって良き相手となって行く。

九　熟していく人生

夏目は退院六日後、門下生の誘いで伊豆の修善寺温泉へ療養に行く。そこでは胃痙攣や吐血など症状は思わしくなく、危篤状態にも陥った。病臥は長く続き、帰京は十月十一日になる。それも元の病院への逆戻りとなり、再度の入院は年が明けた二月二十六日までになる。その入院中や退院後も『東京朝日新聞』文芸欄には係わり続け、再び編集責任者に復帰する。

戸川にその文芸欄のことで早速に手紙が来る。

〈拝啓退院後一寸御礼の為参上可致の処あたまも身体も自由にならず未だに失敬致候
　偖御存じの文芸欄につき又々責任相生じ原稿は時間の許す限り一応眼を通す事に相成候昨日森田より玉稿廻送拝見致候あゝ云ふ文教上の時事問題を一束にして短評を時々試むるは至極よろしき思付と存候があれをもう少し刈り込み度候が…、尤も御主意は改めぬ積に候たゞし最初の文部省が器量をさげたとか癪に障るとか申す言葉は博士問題の相手たる小生の関係する朝日文芸欄として当局者と喧嘩を始めぬ限りちと差し控えたい心持が致し候…草々敬具

三月三十日　　　　金之助

秋骨先生　〉

夏目が又しても戸川にぼやきながら愚痴と本心を。その後、紆余曲折も夏目の熱意で文芸欄は維持されて行く。だが九月末、文芸欄擁護論者であった池辺三山が諸問題のために辞職する事態となる。夏目も責任を感じて文芸欄廃止を提議、可決される。夏目が文芸欄に期待したのは、文章には独自の目的意識があり、先人の築いた文化を吸収し、人生の深味を含蓄する、その精神であった。その文芸欄が終了することになる。紙上では十月十二日に掲載されたものが最後となった。

夏目は感慨深くその日の朝日新聞を手に取った。文芸欄を見る前に眼に入った記事が中国湖北省で起きた蜂起の細部記事であった。孫文と宮崎に注視する。中国の変革とそれを導いた人物の意気地が夏目の気を揺する。

夏目は辞表を書き池辺三山に預ける。だが辞表は朝日に届かず送り返されて来る。

池辺三山と宮崎滔天、遥か熊本を想う。

五女が亡くなり夏目は日記に書く。「自分の胃にひゞが入った。自分の精神にもひゞが入った様な気がする」

動揺の日々が続きながらも、新年からの連載小説『彼岸過迄』を書き始める。元旦から彼岸までを予定したもので、夏目の朝日に対する義務感からであったが、これ以降、作品に重厚なものが増していく。

戸川は夏目が修善寺に行っていた頃に慶應義塾の講師を兼任し始めていたが、この明治四十四年はその教授となる。そして結婚して家庭を持つに至る。

夏目と戸川も明治の最後の年を迎える。明治四十五年七月三十日、明治天皇崩御で、元号が大正になる。江戸の粋、西洋霰で明治終え、二人が生きた時代も動く。作品作りに励む夏目、教授の職と世帯を得た戸川、互いに交流する機会も少なくなる。趣味としている能楽や謡曲の催しで会い、画と賛の話題など書簡のやり取りもあるが、めっきり減る。

夏目は後日、この様な事も。

夏目は穴観音の境内で待ち合わせをして二人と会う。一人は夏目が熊本時代に小天旅行した際に宿泊した温泉宿で会っていた前田ツナ、一人はその異母弟である。

「前田さん、この前、貴女の親戚の宮崎滔天さんの事を聞いて驚いているところですよ、購入していた書物を読み返しました」

「恐縮です。夏目様、これが弟です」

「利鎌《とがま》です。郁文館中学に通っています」

「これは、これは、初めまして夏目です。何年前になりますかね、熊本時代、貴方のところに泊まった時にお姉さんにお世話になったのですよ」

「はい、姉から聞いています」

「夏目様が小天に二度目に来られた時、この利鎌が丁度、生まれたばかりでしたの」

「そうでした、会っていましたね。顔が赤いので驚いたことを覚えています。一緒した同僚の山川に云ったら、赤ちゃんは顔が赤いのが当たり前だ、と云われて皆で大笑いになったことでしたよ。ところで何処を目指すのですか?」

「はい、第一高等学校です」

「それは、それは、頼もしいの一言です。さあ、夏目の家に行きましょうか」

「夏目様、弟は用事がありますので、ここで」

「そうですか、じゃー、お手紙など待っていますよ」

利鎌は大正四年三月、十八才のときに郁文館中学を卒業、それと同時に前田ツナの養子として入籍した。七月に第一高等学校を受験して合格し、大正八年三月、東京帝国大学文学部哲学科に入学した。

大正五年の四月の夏目の書簡から。

〈拝復私はあなたの名を忘れてゐました前田利鎌といふ名前を眺めてゐるうちに若しやあの人ではなかつたかと思ひ出しましたがそれも半信半疑でありました穴八幡の処で会つた人があなただらうとは夢にも思ひませんでした若しあれがあなたなら私の小説の縮刷を手にしてゐはしませんでしたか

私は多忙だから面会日の外は普通の御客には会はない事に極めてゐます面会日は木曜日ですが木曜は学校があるからあなたも忙しいでせう然し学校が済んでから来る勇気があるならいらつしやいお目にかゝりますから　以上

夏目金之助

四月十二日

前田利鎌様　坐下

〉

夏目は熊本の第五高等学校在任中に『小説「エイルヰン」の批評』を発表している。戸川も一八九八年にヲッツ・ダントンが書いた小説『エイルヰン』に深く敬服していた。夏目はこの小説が出版されて直ぐに注文して読んでいる。そしてその紹介文がこの『小説「エイルヰン」の批評』であった。戸川が早い時期から夏目の英文学に対しての思索に興味を持つのは当然であった。

戸川は『エイルヰン』の翻訳を目指す。奇しくも翻訳に取り掛かって間もないときにダントンの訃を新聞の電報欄で知る。大正三年の八月初旬のことであったが、この訃報はそれより半月前の七月中旬の事と思っていた。だが事実は六月六日であった。戸川は不思議で仕方がなかった。この小説が持つ神秘なものに似ていた。戸川は翻訳が完了後に記す。

　この小説は実に近代の珍書である。恐らくその類を求め難いほどの小説である。徹頭徹尾神秘で、幽遠で、飽くまで緊張したもので、しかも実に可憐なる物語である。天地山水に対する愛着と、芸術的空気が全編に漲っている。今、これを訳了し、校正し終って、諸々の感じが湧いて来る。自分は一代一作というべき大作を、今や一年あまりにして、事もなげに訳し終わった。自分は拙文悪筆を揮って、この金玉の文字をかく台なしにして世に示す事になった。自分は今にして世間の批評よりもヲッツ・ダントン氏に対して済まぬような気がしてならぬ。否、自分の心に咎められて、テーブルに向かって赧然たるを禁じえないのである。只なお折のあった毎に、訂正は怠るまいと心掛けている次第である。

戸川は翻訳をしながら夏目の小説が思い浮かんだ。『エイルヰン』と、夏目の「俳句的小説」を連想せざるを得ないのである。この二つがロオマンテックなものに満ち溢れた作品であり、『エイルヰン』の中のインニイと「俳句的小説」の中の女とが、全く別人であるに拘わらず、全く違う世界でありながら、二人並んで眼に映るのである。イギリスの文学は一方から云えば意志の文学である。夏目の作にも、一方に理智の精があると共に、一方には少なからず意志の力が働きを為している。これが先ずイギリスの文学と夏目の文学と共通するところである。四角四面な端正な態度は、思想

『エイルヰン物語』ヲッツ・ダントン著　戸川秋骨訳
国民文庫刊行会（大正十四年七月二十五日）熊本県立図書館所蔵

の上でも行為の上でも、大いにイギリスの紳士風と似ているところがある。そして、可笑し味を以てイギリスの文学と夏目の作物との関係をつける人もいる。可笑し味は徳川期以来江戸文学の一特徴であり、江戸育ちの者の特質の一つであるから東京人たる夏目にその片影が見えるのは当然である。夏目の江戸式の余裕である。それに俳諧味や禅味のようなものが加わったのであろう。

兎に角、『エイルヰン』と「俳句的小説」とが結び付く。

十　別れ

細い一本道を通りかけていた若い男と女は塞がれていたので除けて脇を通過した。だが拍子に崖の方に滑り落ちた。女が着飾った服装を台なしに汚したので二人は傍らの茶屋に清めに行った。塞いでいた夏目と戸川は気の毒と思いながらも立ち話を続けた。

「夏目先生、草枕、のこと驚き恐縮しています。うれしくもあります」

「そんなに謙遜しなくてもいいですよ。私が大学生の時に発表した英文学に対する論文と五高在任中に雑誌発表した英国小説批判に明三さんは然り気なく掘り下げて来ましたね。自然の崇高観、自然に対する日本的感性と一個人、自然感の変遷と英国詩人など。それからある時は別な話になって江戸東京、熊本、高瀬、小天、山、川、海、そして文学のことも。そう、引っ括めたものを何か書け、と、せがむ明三さんを感じました。丁度そのころ雑誌社も急がせていましたよ。それが、草枕、だったのです」

「夏目先生、再度云わせて下さい。草枕、は私の心の作品です」

「光栄です。これまで多くの肥後の人が先導もしてくれた。だが云わせて貰います。私の人生は私が決めたのですよ。途中で教師の勤めを棄てて、迷惑を掛けた後輩諸君に言い訳はしていないし謝りもしていない、勝手者であったでしょう。でも偉がる政府輩の官制に頼らず、意のままで良かったと思っていますよ。意地、江戸っ子の誇りでしょう。あ、猫、吾輩は猫である、大変お世話になりましたなー。一緒に家を探した時も。明三さんには完結してほしい、教師の道を。教育は建国の基礎です、教育は人づくり、信頼です。明三さん、たのみますよ」

細い道の傍らの茶屋から男女が出て来た。女性の服は清まっていた。戸川は、はっとした。長い時間が経ったのである。
一人が歩き出した。一人は立ち尽くしたまま見送り頭を下げた。二人の距離は広がって行く。戸山ヶ原の碧天に白い雲が僅かに流れている。

閑窓睡覚影参差
机上猶余筆一枝
多病売文秋入骨
細心構想寒砭肌
紅塵堆裏聖賢道
碧落空中清浄詩
描到西風辞不足
看雲採菊在東籬

閑窓　睡りより覚むれば　影参差
机上　猶お余す　筆一枝
多病　文を売りて　秋　骨に入り
細心　想いを構えて　寒　肌に砭す
紅塵堆裏　聖賢の道
碧落空中　清浄の詩
描きて西風に到りて　辞　足らず
雲を看　菊を採りて　東籬に在り

夏目は大正五年八月十四日から死の二十日前、十一月二十日までの約百日の間に日課のように漢詩を作った。戸川はその最中の秋晴れの日に、最後の出会いをした。

真蹤寂寞杳難尋　真蹤　寂寞として　杳かに尋ね難く
欲抱虚懐歩古今　虚懐を抱きて　古今に歩まんと欲す
碧水碧山何有我　碧水　碧山　何ぞ我有らん
蓋天蓋地是無心　蓋天　蓋地　是れ無心
依稀暮色月離草　依稀たる暮色　月は草を離れ
錯落秋声風在林　錯落たる秋声　風は林に在り
眼耳双忘身亦失　眼耳　双つながら忘れて　身も亦た失い
空中独唱白雲吟　空中に独り唱う　白雲吟

夏目として最後の漢詩である。
大正六年二月九日、戸川は夏目の命日になる月の九日に行われる九日会の第二回目に出席した。始めて会った青年と話す。

「第一高等学校の二年です。戸川先生、私も熊本の生まれです」

「熊本の?」

「玉名郷の小天村です」

「そうでしたか、私も玉名の生まれですよ」

「知っていました。戸川先生の事は」

「夏目先生宅で会うのも、何か奇遇だねー。前田君、夏目先生とどのような御関係だったの?」

「姉、いえ、母がちょっとした知り合いだったものですから」

前田利鎌は聞かされていたことを述べていった。母というのは前田ツナで、中学卒業と同時に義姉の養子として入籍した。義姉に養子をすすめたのは黄興である。黄興は、叔父の宮崎滔天と孫文と提携し革命同盟会を成立させ、途中、小天の実家前田家に亡命しながらも辛亥革命を成功させた人物である。革命成功後は孫文政府の軍事顧問的立場で常にNo.2として働いた。母も東京に来てから中国同盟会が発行する機関誌の手伝いをしていた。黄興は昨年の十月三十一日に亡くなる。母と夏目先生が面識を持ったのは、夏目先生が小天の実家に来られたときからである。私が生まれた頃である。母が東京に来てから、夏目先生と久し振りに会った。それから母が私を夏目先生に紹介した。

戸川は聞くことをためらったが聞いてしまった。

「お母さんと夏目先生が会われた事はうれしい事ですね。何か故郷の思いがいっぱい詰まった様な、包まれた様な、温かい話題が風に運ばれて」

「ありがとうございます」

夏目の集まり九日会も参加者は多数であった。それぞれが夏目の在りし日の姿を脳裏に浮かべて語り合い親交を深めた。

十一　翻訳は思い出と共に

三田の山にある丁子の花が香り始める。エドワード式に帽子を被り、黒い木綿の風呂敷に書物かノートかを包ませて、それを胸のところで抱くように小脇にかかえた白髪の男が、石段を登って来る。登り切る手前あと三段で立ち止まり、それまで下向きだった頭が正面を向く。呼吸の幅を長く深く取りながら、奥に構える、なまこ壁の建物を見る。周りにある大小の木々や植物類は微風で僅かになびき、その老翁の男を迎え込む。

慶應義塾大学の構内にある三田演説館は青空の下、静かに佇んでいる。日曜日の午前であるが戸川が出て来たのである。演説館の入り口近くで待っていた者が戸川に向かって声を掛ける。

「戸川先生、ゆっくりで、いいですよ、良くいらっしゃいました」

「すまないね、休みのところを」

「いえ、とんでもありません」

「無理を云ってね、恩に着るよ」

「本部の方の許可は直ぐ得られました。入り口はもう開錠しています。さあ、もう少しです」

戸川は立っていたところから笑顔で歩き出し、演説館の入り口近くまで辿り着いた。

入り口になる扉は両開き式の頑丈な木造りで、本体から出ている切妻屋根の下にある。屋根下の欄間には斜め交差に板を組み合わせ、扉の上にはガラスを嵌めたアーチを施す。本体建物は洋式であるが瓦屋根で外壁はなまこ壁である。男が片ドアを開ける。白い壁面に上下に開閉する洋風ガラス窓から光が入り、既に館内全体が眼に入る。

「シャンデリアを点けますから少し待って下さい」

「君、そこまでしなくていいですよ」

「いいえ、先生にとって大切な日だと思いますので、全部点灯させます。それが私達の役目です」

「ありがとう」

館内が明るくなり、座席列の中央に敷かれた赤じゅうたん、正面檀上にある演説台うしろに掲げてある三色の旗が艶やかに浮かび上がる。知の世界が輝き始める如くである。

戸川は帽子を取り軽く頭を下げて中に入る。そして一番後列の椅子に風呂敷包と帽子を置いて、赤じゅうたんの上を歩き檀の前で止まる。丸く成りかけの背を思い切り張り、直立不動の姿勢になり正面を見詰める。次に腰を折り深々と頭を下げた。檀上の後ろ壁は曲面になっているが、その中央上にある肖像に対してである。姿勢を正し終えた戸川は風呂敷包と帽子を置いた椅子に戻る。満足した表情で、赤じゅうたんを挟んだ隣の椅子に静かに座った。

「福沢先生には御目にかかっていないのに何故か…、あ、係の人、そこに座って、立っていては疲れるでしょう」

男は素直に戸川の椅子から二席離れた椅子に座る。

「義塾でどんな仕事をしているのですか？」

「はい、建物管理と電気設備の保守などです」

「私は永く教檀に立って来ましたが、あなたのような人がいて教育が順調に進むのですよね。あなたを代表として御礼を云わせて下さい。勝手な私の気持ちですよ。今日の日、昭和十四年三月えー、お世話になりました」

「とんでもありません、戸川先生、仕事を普通にこなしているだけです。有り難いお言葉です」

係の男は表情を崩し、正面を見たまま僅かな息を吐く。点灯している機器の周波音が聞こえて来るような静かな演説館内になる。戸川が柔らかく語る。

「私は福沢先生に御目にかかったことはないのですが、何か深い親しみを感じるのです。自惚れでしょうか。なぜ、そんな気持ちになるのか分からないのですが。私が最も感動させられるところは、奮然として圧迫されたもの、弱者のために立たれたという気概です。それも自然に、普通に、人間味で。こうして福沢先生の肖像を前にしていれば、何か語りかけて頂けるようなそんな感情が湧いてきます」

「はい」

戸川は福沢諭吉の肖像を見つめながら語る。係の男は聞き入るだけである。

「福沢先生が、スピーチを、演説と、はじめて訳されたのですよ」

「そうですか」

「この義塾は大川の鉄砲洲屋敷の生まれです。私も鉄砲洲屋敷が本家でした」

「そうですか」

戸川は思い出に耽るように、目線を天井に向け徐々に窓の方に移して行く。

「年寄りの話を聞いてくれますか？」

「はい」

「私は、二十代の半分を学生、半分を文学界に、三十代が学校の先生で、四十代が翻訳時代、五十代になって少しずつエッセイを試み、それが今、六十代の、最後の年に及んでいます。今までの人生を振り返ればこのようになるでしょうか。その中でやはり二十代が印象深いです。友人にも恵まれました。特に文学界仲間の友情は忘れ得ません。あ、そうそう、樋口一葉さんの映画がもうすぐ完成するそうですが、早く観たくて楽しみにしているところですよ。私と文学界の仲間が一葉さんを初めて訪問する場面もあるそうですが、非常に興味津々です。制作打ち合わせで一葉さんを演じられる山田五十鈴さんにも会っているのですよ」

「そうですか、凄いことです。樋口一葉さんに似ていましたか？」

「感じは大分違いますが、どのように演技をされているのか、それも楽しみです」

「英文学について自分は不勉強なものですから、少しポイントだけでも教えて下さい。戸川先生の考えでも」

「慶應義塾で三十年間働かせて頂きました。それまでは山口高等学校、明治大学、真宗大学、東京高等師範学校、早稲田大学、文化学院、明治学院などで教鞭を取りましたが、一番長いのはここです。英語や英文学を教えることが私の役目でしたが微弱ながら英文学研究の学問的発達にも係わった積りです。人は私をして、英文学を愛し楽しみ、そして身を以て体現している、と云います。うれしいことです。思うことに、英文学は、可笑味の英文学、田園文学、紀行、政治家の文学、歴史文学、伝記、文芸評論などの項目に分け、それぞれの現代作家から次第にその源へと溯るのです」

「先生の冗談、英文科に進みたい学生に対しての答え方、が有名ですが？」

「あれ、ですね、この様に云いました。英文学だけはよした方がいい。今の諸君は、論をすることが好きなようだが、英文学というものは、論じにくいものでね。だって船に乗る楽しみを論ずるというわけにも行くまいじゃないか、と云ったのですよ。楽しみを論じることなど言いっこなし、と」

「英文学や英国に対する厳しい批判に対しての言葉は？」

「時世とともに右往左往する周囲の人には云ってやったのです。却って好きになりました、と。英文学つまらん論で引っ掛けて、そして、いやみを述べたものでしたよ。私の考えは最初から全く変わっていません」

「随筆を多く書かれているそうですが？」

「随筆について述べるものは何一つありません。その時々に思い書くものですから。愉快な気持ちで書くもの、気分が滅入っている時に描くもの、例えば歯が痛い時、頭が痛い時、便秘の時、出来上がるものに自らの批評は付けられません。ユーモアや皮肉も気分によって度合いが違います。海、山、川、場所でも空気の味が変ります。元々私は素質が無いのです。ただ自然にしているだけです」

「謙遜しておられますが、戸川先生のエッセイは、極めて清く澄んでいて、静かで、落ち着いていて、戸川先生そのものと云う人もいます」

「気が向くままですからね」

戸川は館内を再び見渡した。館内照明の光は増している。二人だけの声、その二人を主役にして三田演説館が輝いている。

「係さん、電気がもったいないよ、消して下さい。早く」

「戸川先生、先生が光らせているのです。徐々に秋骨会の皆様が来ておられます。檀上に上がって下さい。福沢諭吉先生が見ておられる檀に」

戸川は赤いじゅうたんをゆっくり踏み締めながら歩き、演説檀に登った。係の男が大きな声で云う。

「戸川先生、聞いていなかった翻訳の事、話して下さーい」

演説台に両手を付き、背筋を伸ばすも体を支えるような格好になる戸川は、檀上から口を開き出す。

「わたくし戸川明三は今日ここに、教師生活の大役を完全に全うし、自ら終止符を打つことにしました。…」

戸川が喋り始めたのを見ながら係の男も壇上に上がり、戸川の斜め後ろに立ち、戸川の体を支える。非公開の集まりは、徐々に徐々に客席が埋まって来る。

「…以上ですが、最後に翻訳の事を聞いて下さい。西洋のある、名のある書物を始めて翻訳するのは、かなり骨の折れる仕事でした。翻訳では原文に忠実でないとか、原文の意に反するなんて云うのもあるが、それは甚だしい愚論で、そんな事は決して願慮すべき事ではない、そんな事を顧慮するのは無益というよりも却って有害である。何となればそんな事を云っていては、却って文化の普及を阻害するからです。

翻訳には二種類あり、第一は、原文に拘泥せず自分勝手に訳してしまう、すなわち気分で訳するものです。第二はその反対で、一語一句も忽《ゆるが》せにせず、原文の通りに訳するものです。

ついでに関係の無いことですが、それは日本の文学を西洋に訳して嬉しがっている日本人の事です。西洋人がそういう翻訳をするのを助けて、それを完成させる事は結構なものですが、自ら進んでそれをやり、西洋人の助けをかりてはいけません。さすがに国自慢のイギリス人でもシェイクスピアやミルトンを訳そうとはしなかった。学生のために日本文を英語に訳する例を教えるためのものならば、それは已《や》むを得ない事でもあるが、日本文学を外国に伝えると云う意味で行われているのには驚くものです。

翻訳の目的は、自国以外の者が、どういう事を考えているか、外国ではどういうもののの見方をしているか、どういう風にものを感ずるか等の事を、作物によって知り、それによって自分の考えを豊富にし、自分の考え方、もの事の見方、感じ方を整えるのです。結局それは自分のためにする事は云うまでもありません。悪い翻訳は、その原作に対する人の考えを誤らすものであります。一方には世を害《そこな》い、一方には原作を害う、この場合、シェイクスピアの言葉を逆にすれば、災害は二重になる。甚だ恐るべきことです。文芸としての翻訳ではないのです。解説としての翻訳、原作の考え方、見方、感じ方の紹介は出来るでしょうが…。

すべての事情、環境の異なった東洋の言葉を以て、或いは東洋の筆を以て西洋の気分を出す事は先ず不可能です。私個人としては西洋のものでも、甲の国のものを乙の国語を以て読む事はなるべく避けている。読んだ処でそのすべてを信頼しない事にしている。少しでも西洋の文字が解かる人ならば、私は直接原文に接する事をすすめる。原文では沢山に読む事は出来ず、或いは深く味う事も出来ないかも知れないが、すべてが直接で純料なるものが得られるでしょう。そして直接純料なものでなければ、何も強いて外国式なるものに接し、半可な外国通になる必要はないのです。もし翻訳に依って、ヨーロッパの文学を説くものがあれば、それこそ理義を誤ったものでしょう。以上、私の考えの一端を述べたのですが、まったく翻訳なんてものは、そんなに真面目に考えるべきではないかも知れない。これも私です」

満席になった館内は拍手で響く。

「ところで私は幾多の翻訳を手掛けて来ました。エマーソンのものもありますが、それは別として、今迄尊敬してきた二人の事です。一人は帝大で教えを受けた小泉八雲先生です。小泉先生は日本人以上に日本の思想を会得されていました。普通の人の気の付かない日本の特徴を見抜かれていました。そして日本を愛しておられました。小泉先生の作品、『怪談』や、『日本――一つの解明』、等を翻訳しましたが、大変光栄な事です。これは田部隆次氏のお引き合わせだったのですが、小泉先生の旧居の半分に住まわせていただいたことは、私と私の家族の誇りです。井戸を蔽っていた白い花が咲く薔薇は小泉先生が植えられたものでしたが、妻や子供たちもよく観察していたものです。

もう一人は、夏目漱石先生です。夏目先生は熊本の第五高等学校在任中にエイルウィンという小説を、出版早々自ら直接注文されて原書のまま読まれ、ただちに批評を載せられたのです。この学識に心を奪われました。エイルウィンを私は大正四年に翻訳しました。途方もなく無謀なものでしたが、数年は訂正に心掛けました。償いになったでしょうか。

二人の先生の関係物を翻訳する最中には、二人の面影が浮かんで来るのです。厳しく見詰められているといいますか、勇気が出るといいますか、何か、思い出と共に翻訳が完成していったようでした。今日まで夏目先生から頂いた言葉、教師の仕事を全うして下さい、に鼓舞されていました。どうにか今日に至りました。ほんの僅かでも今後の時代をつくる人の為になったのであれば幸いです」

戸川は語り終った後、係の男の付き添いで檀を下り、館の正面出口に向う。係の男は三歩空けて後方を続く。秋骨会のメンバーが拍手で送る。三田演説館を出た二人は振り向く。口を大きく開けて微笑む建物に、戸川は見えた。再度、深々と礼をした戸川は係の男に話し掛けた。

「あなたのお蔭で幸せ者でした。お名前は」

「戸川先生、それには及びません」

「じゃあ、もう一つ聞いて下さい。ほら、この高台から今日の江戸湾、あ、東京湾は特にきれいに見えますね、ああ、風も気持ちいい…。私が初めて勉強をやり始めたのは四歳か五歳の頃です。ほら、あそこ、あの大川の出口にあった武家屋敷の藩校です。細かく云えば、その藩が肥後に下向していたときに開いていた自明堂です。肥後細川家には藩校時習館があり、その分家には成章館がありました。自明堂はそれを受け継いだものです。自明新堂となりましたが。小さい時の事は忘れません。机の手触り、紙の匂い、墨の匂い、先生の大きな声、喧嘩相手、周りの草花、鳥の声、今、どうなっているのでしょうかね。学問の道はこの六十九歳の老人でも遥かに続くものに感じます。だから人生はいいものなのでしょうね」

「戸川先生、ご家族の方がお見えになりましたので、私はここで」

三田の高燥なる森は息づいている。

おわりに

夏目漱石の門下生、鈴木三重吉が創刊した児童雑誌『赤い鳥』に数多く投稿し、北原白秋や若山牧水から天才少女詩人といわれた海達公子は、昭和四年に高瀬高等女学校へ進学する。その女学校の町が玉名郡高瀬町（現、玉名市）である。その高瀬へ江戸の定府藩が幕末時に移駐する。そこで生まれたのが戸川秋骨である。

高瀬町から見える近くの山並みの中腹に、天水町小天がある。夏目漱石『草枕』の舞台である。夏目漱石を東京朝日新聞に誘った池辺吉太郎、その父、池辺吉十郎の墓がある玉名市横島町からは、金峰山（一の岳）熊の岳（二の岳）そして三の岳の三山がきれいに望める。この三つの山から池辺吉太郎は池辺三山と名乗った。三つの山の並びも、戸川秋骨が育った高瀬町の方から見れば二つの山が主に見えて、双子富士となる。この辺りは、吉十郎も参戦した明治十年の西南の役の戦場となり、近くで官軍の乃木大将の連隊旗が薩摩軍に奪われる。その責任をとって乃木希典は明治天皇が崩御する時に殉死している。夏目漱石の『こころ』の大本になっている。夏目漱石は十歳の時、養家先から牛込馬場下の生家夏目家に戻る。家の近くの原町空地は警視局の練兵場になっていた。練兵場では西南の役に対処するために徴募された警視隊員の訓練が行われていた。その様子を夏目漱石が見た形跡は探しようもないが、江戸を瓦解させた西郷隆盛率いる薩摩軍を打ち負かしに行く警視隊の姿を見て、江戸人として勇ましく感じたか、あるいは薩長出身者が型取った官軍組織も嫌だったか興味あるところだ。元士族の多くが警視隊員となって西南の役で戦っている。夏目漱石と同時代の小説家田山花袋の父も出征戦死し、戸川秋骨の叔母（戸川家、通）の夫、山木瀧次郎も東京から警視隊員として派遣され戦死している。

夏目漱石は小天から見える有明海の風景をバックに「わが墓」として絵を描いている。有明海の向こうにある雲仙普賢岳の山型が、その絵の場所を証明する。

小天の前田家別邸で数日間過ごした漱石を持て成したのが前田ツナである。ツナの妹ツチは玉名郡荒尾村（現、荒尾市）の宮崎滔天（孫文の辛亥革命を支援）の妻となっているが、宮崎滔天の生年月日が明治三年十二月三日であり、明治三年十二月十八日生まれの戸川秋骨と同い年ということになる。荒尾は海達公子が育ったところでもある。宮崎滔天の長兄である宮崎民蔵の妻ミイの兄が、夏目漱石の東京大学予備門予科と帝国大学文科大学での親友であった立花銑三郎である。

明治三十八年に前田ツナは上京後、宮崎滔天に依頼されて「中国同盟会」が発行する機関誌『民報』の発行所民報社（牛込区新小川町）で働き、大正三年には弟の利鎌を連れて夏目漱石の家を訪れる。前田利鎌は大正四年十八才のとき、三月に都文館中学を卒業して第一高等学校に合格、東京帝国大学文学文学部哲学科に進み、東京工大専門部教授となる。夏目漱石の木曜会に数回参加、九日会では第一回から出席、第二回では戸川秋骨と会っている。当然、鈴木三重吉もいた。

戸川秋骨の明治学院の同級、島崎藤村は明治三十二年の四月から英語と国語の教師として小諸市に赴任した。三十八年四月上京するまでの六年間余を小諸で過ごし、教鞭をとる傍ら、古城のほとりに佇み『千曲川のスケッチ』など多くの優れた文学作品を世に送った。私が日課としている菊池川（俗称、高瀬川）土手の散歩中に考えるのは、「島崎藤村ならば、この川をどのように詠むだろうか、菊池川も千曲川のようなロマンチックな詩になるのだろうか」ということである。戸川秋骨が幼少のときに遊んだ川でもある。

「藤村よ、千曲川旅情の歌のようなものを作ってくれ、高瀬川の歌を」と、戸川秋骨が云ってくれただろうか。想像するだけで散歩が楽しくなる。

夏目漱石と戸川秋骨のことを書いた。2人が何を語り合ったかは、当然分からない。それでも思考しながら会話の部分を挿入することに心が躍った。確実なことは一つ、夏目漱石の初期の作品の傍に戸川秋骨がいたということである。ただ、表現の仕方など、無恥を謝りたい気持ちでもある。

私の曾祖父母も慶応四年三月九日（慶応四年九月八日から明治）に、原家、戸川家などと一緒に蒸気船で江戸を出た。その末裔である私に当時の出来事を語る資格はないが、歴史を追究する意義はつかみたい。

あとがき

夏目漱石は第五高等学校に着任してから六カ月後に、交友会雑誌『龍南会雑誌』第四十九号（明治二十九年十月）に発表した論説「人生」で、「遭逢百端千差万別、十人に十人の生活あり、百人に百人の生活あり、千百万人亦各千百万人の生涯を有す、故に無事なるものは午砲を聞きて昼飯を食ひ、忙しきものは孔席《こうせき》暖かならず、墨《ぼく》突黔《とっきん》せず（忙しく席が暖まらず、かまどは燃えず）」と云い、「東京朝日新聞」（明治四十三年二月一日の文芸欄）「客観描写と印象描写」では「印象的の事実と云ふものは十人が十人、百人が百人に共通であると限らない。否十人十色と云ふ位に違ふべき筋のものである。自分の頭に映る花が赤いと迄は一致するが、此赤い花から受ける心持はめいめい違ってゐるかも知れない」と書いた。歴史事項や物事の解釈、理解もそれぞれだろう。この一冊『漱石に秋骨』はその始めとしたかった。

熊日出版の今坂功さんと、青井美迪さんには四度目の苦労を御掛けした。満足するものを独り善がりで頼んでいる。また、御世話になりたい。

参考文献

『高瀬藩関係資料調査報告書』　玉名市立歴史博物館こころピア　二〇〇〇年
『東京築地居留地百話』　清水正雄　（株）冬青社　二〇〇七年
『杜甫』　興膳　宏　（株）岩波書店　二〇〇九年
『近代作家追悼文集成』第二十七号「戸川秋骨」　稲村徹元
（株）ゆまに書房　一九九二年
『夏目漱石研究資料集成』第2巻　平岡敏夫　日本図書センター　一九九一年
『歴史玉名』第二十号「横井玉子」　堤　克彦　玉名歴史研究会　二〇〇五年
『五高と漱石』　熊本大学五高記念館　国立大学法人熊本大学　二〇一九年
『歴史玉名』第四十三号「漱石と出会った前田ツナの生涯」　高木繁司
玉名歴史研究会　二〇〇〇年
『朝日新聞記者　夏目漱石』（株）立風書房　一九九四年
『夏目漱石と明治日本』（株）文芸春秋　二〇〇四年
『芸術新潮』6月号「夏目漱石の眼」（株）新潮社　二〇一三年
『漱石の思ひ出』　夏目鏡子　（株）岩波書店　二〇一六年
『夏目漱石周辺人物事典』　原武　哲　笠間書院　二〇一四年
『漱石辞典』　小森陽一、他　翰林書房　二〇一七年

参考文献

『樋口一葉著　直筆版たけくらべ　博文館版』　財団法人日本近代文学館　二〇〇〇年
『樋口一葉　辞典』　田中良和　(株) おうふう　一九九六年
『樋口一葉　来簡集』　野口　碩　筑摩書房　一九九八年
『論集Ⅱ　樋口一葉』　樋口一葉研究会　(株) おうふう　二〇〇〇年
『文学アルバム　小泉八雲』　小泉　時　小泉　凡　(株) 恒文社　一九〇八年
『欧米記遊二万三千哩』　戸川秋骨　服部書店　一九〇八年
『エイルヰン物語』　戸川秋骨訳　國民文庫刊行會　一九二五年
『戸川秋骨年譜稿』　松村公子　慶應義塾大学国文学研究室　二〇〇五年
『時空旅人』　5月号「明治東京の町づくり」　(株) 三栄書房　二〇一八年
『時空旅人』　7月号「明治日本鉄道紀行」　(株) 三栄書房　二〇一八年
『江戸楽』　8月号「江戸ことば東京ことば」
(株) エー・アール・ティ　二〇一七年
『ロンドン漱石記念館』　恒松郁生　ロンドン漱石記念館　二〇一一年
『漱石　個人主義へ』　恒松郁生　(株) 雄山閣　二〇一五年
『歴史玉名』　第五十七号「西南の役戦死者山木瀧次郎のことども」　江上信行
玉名歴史研究会　二〇一一年
『夢　駆ける　宮崎兄弟の世界へ』　荒尾市宮崎兄弟資料館　一九九五年

『児童文学の栞』　一般社団法人　海達公子顕彰会　二〇一〇年
『東京人』十一月号「チャイナタウン神田神保町」（株）都市出版　二〇一一年
『東京人』七月号「白金を楽しむ本」（株）都市出版　二〇一九年
『漱石がいた熊本』　村田由美　（株）風間書房　二〇一九年
『明治の地図で見る鹿鳴館時代の東京』原田勝正（株）学習研究社　二〇〇七年
『冨重写真所の130年』　熊本県立美術館　一九九三年
『近代作家追悼文集成』　第五号「夏目漱石」　稲村徹元
（株）ゆまに書房　一九八七年
『漱石全集』　（株）岩波書店　一九九六年～一九九九年
『全集樋口一葉　第三巻日記編』（株）小学館　一九七九年
『藤村全集』　（株）筑摩書房　第九巻　第十三巻　一九五七年
『平田禿木選集』（株）南雲堂　第五巻　一九八六年
『歴史玉名』第四十三号「高瀬藩のルーツを江戸に求めて」森　高清
玉名歴史研究会　二〇〇〇年
『翻訳製造株式会社　戸川秋骨』インターネット図書館　青空文庫　二〇〇九年

江上 信行（えがみ・のぶゆき）

くまもと漱石倶楽部会員。熊本における漱石研究の先達である蒲池正紀氏の教鞭を仰ぎ、漱石文学に興味を持つ。今も漱石ファンの一人として、漱石に親しみながら交流を深めている。ロンドン漱石記念館の館長、恒松郁生氏の影響も受ける。

一九四七年生れ　熊本県玉名市

漱石に秋骨

江戸っ子英語教師の負けん気

2021（令和3）年4月20日　第1版第1刷発行

著　者　　江上 信行

ブックデザイン　青井 美迪
制　作　　熊日出版（熊日サービス開発株式会社 出版部）
発　売　　〒860-0823　熊本市中央区世安町172
　　　　　TEL　096（361）3274
印　刷　　シモダ印刷株式会社

ISBN978-4-908313-71-4　　C0221